JN174125

若い人たちからも、また、直接会ったことのない壮年の人たちからも、「妙子の人間像を知りたい」、「実像を教えてほしい」とこれまでも言われ続けてきたが、今、しみじみとその大切さを噛みしめている。日常を生きた、ありのままの妙子像を伝えなければという意欲にかりたてられたのである。

私が葛原妙子の名を知ったのは、昭和三十五（一九六〇）年、夫の転勤先であり、私の故郷でもある愛媛県松山市に住んでいた時である。

この時私は、妙子の所属する歌誌「潮音」（一九一五年、太田水穂創刊）系の「にぎたづ」（「潮音」所属の伊興木南海が一九五〇年創刊。旧日本歯科医学専門学校に在学中、太田水穂師に接し象徴主義を貫いた）という結社に所属していたが、近くに住んでいた「にぎたづ」の同人が「潮音」にも属しており、私に「潮音」への入社をすすめてくれた。私はすぐに入社を決め、葛原妙子の作品に本格的に触れるようになったのだった。

はじめに

歌人、葛原妙子（一九〇七〜八五）について、直接その謦咳《けいがい》に接し、指導を受けた者として、私の個人的な思い出を記しておかねばと思うようになったのは、八十歳をすぎた今である。

葛原妙子の名は、今日でも短歌総合誌などでしばしば目にする。短歌の世界に直接関わりのない人たちの口から語られる場合もある。没後三十年にあたった二〇一五年にはシンポジウムが行われ、妙子の歌や論が語り合われる機会もあった。若い人たちに、妙子の歌や論から多くを学ぼうという姿勢が見られたことは嬉しい限りであった。

我が師、葛原妙子

穴澤芳江

角川書店

その後、私は再び夫の転勤で神戸に数年住み、倉地与年子（「潮音」選者、一九一〇〜二〇〇八）の指導を受けていたが、昭和五十（一九七五）年ごろには、偶然にも私は、東京・大田区に移り住むことになり、妙子の家から車で二十分の近さで暮らす幸運に恵まれた。そしてついに直接葛原妙子に作歌の指導を受けることを決心した。

虚実一致の作品の魅力と共に、その人間性に魅《ひ》かれ、私は歌の師として妙子のもとへ駆け込んだ。歌を通して心を触れ合い、人間の実像を知るとともに私は豊かな精進の場を与えられた。昼でも夜でも、妙子の自由な時間の折、訪ね得る幸運に恵まれた。たとえば「今夜八時なら歌をもって行けます」と言うと、「私もいいわ。八時でオッケー、きまり！」という返答。そんな僥倖《ぎようこう》を得たのである。

妙子は歌で自己の生きる真実を詠嘆したが、現実の在りようは非常に独特であった。

大正十二（一九二三）年九月一日の関東大震災では、上野駅まで廃墟の中を歩き、生き残った。この命で一つのことをやり遂げねばと決意したという。

昭和二（一九二七）年に医師の葛原輝氏と結婚。葛原氏は昭和十（一九三五）年に、東京の大田区山王で外科の病院を開設した（私が訪れた時はすでに病院を閉ざして、住居としていた）。

妙子は、「事実のみを詠うのではない。しかしまた事実から断絶した歌はあり得ない。苦しみの中から私の歌は私らしく真実であることを希う」と言っていた。そうした自己凝視の歌人として吐いた作歌の苦しみを、身近に接していた私は今つくづくと思い返す。

そして妙子は病身の日々の中で、私と二人だけの時に、現に向う心の礎を語ってくれた。

妙子の歌の根源は、「生母との別れ」にあった。

その悲嘆を私に語ってくれたのだ。しかも父親とも離別することになったのだ。東京の医師会長をしていた実父、山村正雄は、周囲からの圧力で母と別れさせられた。花柳界に身を置く母との身分の違いが理由になったのであろう。

妙子は幼時から家族のぬくもりを知らぬ自らの孤独に対して、いつも「壁」と向き合っていたのだという。

私は、その事実を語られた折、涙を抑えられず泣いてしまった。妙子は私をしっかり抱きしめてくれ、「泣いてくれてありがとう」と同じく泣きながら言った。私が「先生のことを絶対に書きます」と訴えると、「書いて頂戴」と心こもる返事が戻ってきた。


現実の妙子と接しあった私の体験を記しておきたい。これが本書を書く決心をした理由である。手紙や代表歌の色紙、写真などからも妙子像を汲みとって頂きたく、関係者のありがたい許可を得て、本文中に掲載することにした。

昭和六十（一九八五）年、七十八歳で逝去するまで、現実の妙子と接しあった私の体験を通して、生身の妙子像を汲み取って頂き、そこから歌人葛原妙子の本質を、生きるひたぶるさを、生存の暗部ともいえる眼差しを、心に培っていただければ弟子としてこれほど嬉しいことはない。

我が師、葛原妙子　目次

本文DTP・装幀　南　一夫

我が師、葛原妙子

I

心の叫び

ほかならず朝夕《あさよ》踏みゆくじゆうたんに二頭の野獣相うてりけり
（『をがたま』）

今も忘れ去ることの出来ぬ妙子の、あの大きな叫び。まるで心の底から湧き出る泉のような。

昭和六十（一九八五）年、妙子の三女、典子さんから電話があった。妙子が、食べ物が喉を通らなくなったから東芝中央病院に入院するという。悲しい思いで私は、その電話を聞いた。私は桜の散る中を病院に駆け付けた。

その後、妙子は田園調布中央総合病院へ移り、一生の終りを待つばかりの状態になった。その年の九月二日、妙子は七十八歳で没する（多発性脳梗塞に肺炎を併発）。

冒頭の一首は、その病院に入院する前、つまり最晩年の歌である。とても命終《みようじゆう》間近とは思えない、力のこもる朗詠であった。

私が妙子の自宅に駆け付けたある夕暮れのこと。私たちはいつものように二人で食堂に座って話をしていた。と、妙子は突然窓から夕暮れに顔をあげ、「遥か」を大声で叫ばれた。前述の一首を朗詠したのである。遥かとは空のかなた、そして私にはこの世を超えた涯《はて》とさえ思えた。遥かを仰ぎ見る表情は、悲しくもあったが、いきいきと輝いていた。その叫びを私は、死を眼前にしつつ湧きあがる心の叫びと思い、全く妙子らしいと感嘆、声も出なかった。

東京の医師会長をしていた実父に圧力をかけて、妙子の生母を別れさせた周囲の不条理と残酷さに、妙子は朝晩怒りつつ、二頭の野獣の打ち合う図柄の絨毯を踏みつけていた。実はこのエネルギーこそ、妙子が作歌へと励んだ代えがたい源である。それは、生母を知らぬまま生きる悲しみと、その辛さを超えようとする力の表れでもあったと思う。絨毯を朝夕踏みしめる力は、自らの生き方を全うさせてきた生命力であり、また、平和を願い、争いを断つことへの希望の力でもある。

朗詠の後、ふっとおもてをふせて「この歌が好きなのよねえ」と小声で愛しそうに自らにささやいた妙子。「好きなのよねえ」とは、すべての人に訴えたい願いでもあったのだろう。人間への愛しさ、命を十分に発揮して生きることの大切さをしみじみと抱く妙子。

思い上がりかもしれないが、私を横にしてこの仕草を見せることで、生命の勁《つよ》さ、愛しさを、妙子は私に託したのだと思うことにしている。私は、師、妙子の歌の力のみでなく、噴き出る命の力、この世界の人々に対して願う命の叫びを受け渡された――。

私はあの夕べの妙子の在りようを決して忘れない。

寂寥をつねに　生母と実父への想い

昭和二十五（一九五〇）年の発行、戦後の質素な紙に編まれた「潮音」三月号の巻頭集における、妙子の左の歌に私は目を瞠《みは》った。

わが生母は俳人歌舟女史なり。遺稿をよむ

「わが思ふ方に飛びけり春の星」かゝる思慕あり亡《ち》父《ち》よ知らざらむ

私ははじめ、歌に引用されている生母の句〈わが思ふ方に飛びけり春の星〉の「思ふ方」とは、「子らの方」かと思ったが、「亡父の方」へ、きらめく春の星が飛んだという発想だったことに驚き、生母と実父への妙子の純粋な愛を、しみじみと受けとめた。

妙子は明治四十（一九〇七）年二月五日、東京都文京区に生まれた。父は外科医であり、当時、東京医師会の会長をしていた。父山村正雄、母つね。妙子には兄と妹がいたと私は聞く。

具体的なことを詳しく知らぬ私に妙子は、父と母は純粋な夫婦であり、「心より父と母を尊敬していた」と語った。

「はじめに」に記したように、生みの母を知らない妙子は、他界する二年くらい前、「生母は俳人であり、花柳界の才女として名が通っていた」と誇らしげに私に語ってくれた。

亡父の方へ飛んでいった春の星とは、家族生活を最後まで遂げられなかったことによる母への思慕、亡父へと届ける念《おも》いのひたすらさ、そうした子としての妙子の熱さであろう。

妙子は家族の団欒の温もりも知らず親たちから離され、福井の父の二番めの兄の病院で過した。そこでは伯母に大切に扱われず、腕をぴしぴし叩かれることもあったという。そこで六歳までを過した。生母のその後の居どころも知らぬままであった。

伯父家族の団欒の声を聞きつつ、壁に向って寂寥と対《む》きあっていたのだ。しかし妙子は「寂しいとも思わなかった」と言っていた。「潮音」の合評では、「七歳までの環境が一生を支配すること、病弱で身のおき場もないほど夏は苦しく、家の者に余り大事にされず始終、愛情に飢えていた」と書いている。

この礎あってこそ、歌へ込めた念いの深さを、改めて私は受けとめる。第六歌集『葡萄木立』（一九六三年）に次の一首がある。

水中より一尾の魚跳ねいでてたちまち水のおもて合はさりき

読んですぐ私は、妙子が会ったことのない生母のことを思いうかべた。周囲の思惑で夫への純粋な愛は離され、孤独に過したであろう生母の一生。

また、妙子の家の玄関の横に小さい池があり、魚が泳いでいたのを思い出す。
水面より跳ねでた魚一尾が水中に戻れず、水面が閉じられてしまった。この不条理に遭わされた怖しさ。疎外感。一尾の魚とは生母のことであろう。生存からつきあげる妙子の泪は、現実に根ざした生きる感動の把握だ。

妙子は、ある日妹が母に会いたくて耐えられず、ついに会いに行ったことを明かしてくれたことがある。疎開先の田舎の駅のホームで生母は一時間も前から立ちつくしていたという。しかし当の妙子は、「私は生母に会いたいと思わなかった」と、淡々と、力強く、私に訴えるように言っていたのが忘れられない。

あれは昭和四十（一九六五）年過ぎの頃か、突然私に「父の墓を探してほしい。鎌倉にあるお寺とわかったから」と電話があった。私は探し廻り、実父、山村正雄のみ墓を見つけた。すぐに報告すると、妙子は

「連れていってほしい」と言い、私は花束をかかえて妙子を墓に案内した。墓には「山村正雄」と確かに彫られていたが、妙子は一礼もせず、拝む私の横で「もう二度ときません」と言い、私は驚いた。然《しか》し歌集『鷹の井戸』（第八歌集。一九七七年、七十歳で上梓）において、実父を詠嘆に託した一連があり、はっとした。現実の父への思慕が歌にこめられていたのである。「連彈」と前がきにあり、切々と父への思いを訴えている。

長身影としあゆみ死にせる父連彈に加はりたまふ

半音の繁き連彈十歳のわれ彈き四十歳の父彈く

鳶色に褪せたる寫眞若者父はわが子に赦されたまはず

右の歌は生母への妙子の思いが「赦されたまはず」ににじみ出ていよう。

こよひわがかたはらにして弾きたまふ父疾風のごとうるはしき

みゆるごとあらはれながらとこしへにみえざるものを音といふべき

いつまでも妙子の心の中にひびきあっている音に父への想いを重ねている。二首目の歌の半音も、音としては寂しい響き。

昭和三十(一九五五)年七月一日発行の「潮音」は「水穂追悼号」であり、妙子はその号で、「二人の老人」という文で、水穂と実父、山村正雄についての思いを述べている。

昭和二十一(一九四六)年晩秋、夫、輝氏の葛原病院での出来事。実父、山村正雄は家族的にも不遇で妙子のもとに寄寓し、また水穂も病気でともに同病院に入院していた。妙子は、この老人二人を対面させたいと希望していたが、正雄は老残の身を恥じたのか、永遠に機会を失った。正雄の他界後七年が流れ、水穂は眠るように逝ったとある。

妙子は私に、家族のぬくもりも知らず生母とも会えなかったが、実父を心の拠り所にしており、誇りにしていると語った。だからこそ、最期を看病したのであろう。そして「疾風のごとうるはしき」と詠嘆したのに違いない。

妙子には生母の記憶はなく、その行方も探す気にならず諦めていた。しかし妙子は生母への想い、罪の意識、恋しさを詠嘆によせて、歌集に幾首も載せている。

マリヤの胸にくれなゐの乳頭黠じたるかなしみふかき繪を去りかねつ

『飛行』（一九五四年）

この歌の、子を産むことのかなしみを妙子の生母に私は重ねた。一生に会うこともなく逝かしめた生母への運命、去りかねている妙子の身にあふれる悲しみと悔い。くれないの乳頭こそ母と子の運命的なかなしみと思う。

また、『薔薇窓』（一九七八年）中の次の一連も、寂寥を常とした少女期の心の訴えであろう。

ふるさとを憎めり人の出生の混沌と雪片の塊《マス》あるのみ
人々の罪浅からず佛壇のうちら黄金《わうごん》に燦きし家
わがうちなる少女無垢にて腐らむよささやき抱きし一人《いちにん》あらね

生母との話を涙ながらに語った妙子の想いによって私は、少女期の心の内を想うのである。

寺院シャルトルの薔薇窓をみて死にたきはこころ虔しきためにはあらず

妙子は右の歌が出来てから十三年目にヨーロッパの旅で念願のこの窓を、みたというより仰いだという。歌集の「あとがき」には、「この薔薇窓のおそるべき美しさは人間の輝く罪過のしるしであらう」と書いている。私は、罪過のしるしに、会うことなく逝かしめた生母への、おのが心の戦《おのの》きと受けとめている。

そして同じく罪の変容として次の一首が忘れ難い。

あやまちて切りしロザリオ轉がりし玉のひとつひとつ皆薔薇

『原牛』（一九六〇年）

「月光」という小題がついている。

いかにも妙子らしい。月の光に玉のひとつひとつが輝き澄んでいる。カトリック教会の念珠。私は、この玉の一つ一つに生母が子へよせる祈りの熱さがにじみ出ているように思えてならない。だからこそ床に転がる玉が美しく輝くのではないか。また玉の変身はどれも人間が生きゆきから抱く罪過の証ではないか。玉を押え自らの罪を互いになすりつける。

また第七歌集『朱靈』（一九七〇年）には、

上膊より缺けたる聖母みどりごを抱《いだ》かず星の夜をいただかず

とあり、私は泪の湧く思いで妙子の心情を察した。生母は妙子を抱くことも出来ず、一生涯妙子は家族のぬくもり、母親の温さも身に覚えず寂寥を当然と過したのだ。抱く上腕のない実母の悲しみは、星の夜もかかえられぬ生身のものだろう。

妙子は「会いたいとも思わなかった」と私に言いつつ、「会いたい」

と思った時は「すでに遅し」と大声で叫んだのだ。私は母子の情の濃さに思わず泪ぐんだ。

また同歌集には、

疾風はうたごゑを攫ふきれぎれに　さんた、ま、りぁ、りぁ、りぁ

の作品があり、母への祈りも切れぎれにされる人の生の悲しみ。この集の「後記」で、自分はカトリックへの帰依は、いまもってないこと、これを不幸とも幸福ともしないと書いている。そして一生つきまとう心の飢餓の変形でもあるのだろうと述べているが、かつて妙子が私と二人だけの時、心の苦しみをいろいろ語るので、私がみかねて「先生、信仰に頼ったらいかがですか」と言うと、妙子は大声で、「私が信仰に頼ったらおしまいです」と、驚くばかりの大きな叫びが返ってきた。今もってその迫力を忘れることができない。生母のことも当時は知らなかった私の俗な言葉に傷ついたのだろうか。しかし心の内を洩らした時の妙子の苦しみを聞いて思わず生まれた、私の真の言葉であったのだ。妙子、七十歳すぎの頃の夕べであった。

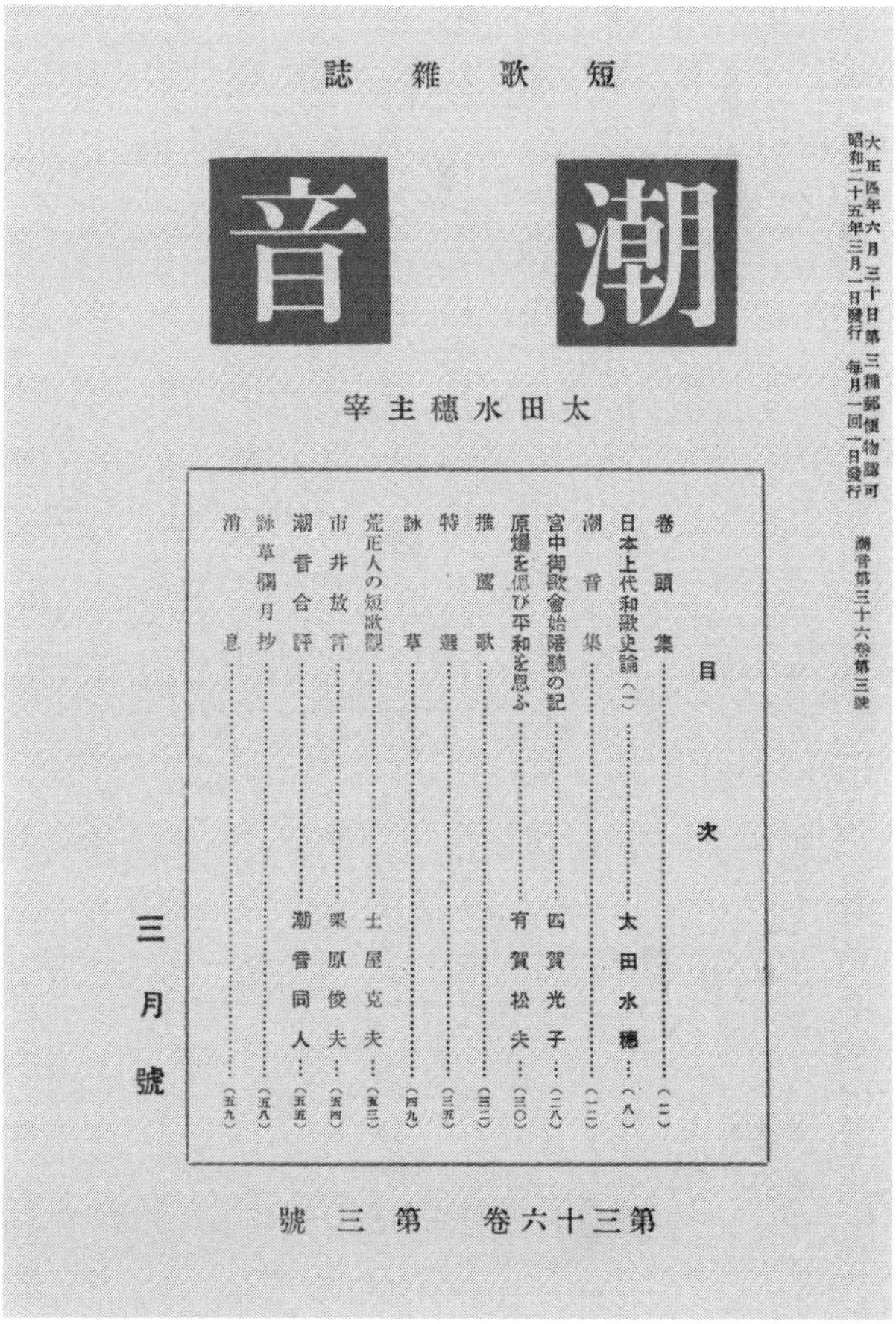

短歌雑誌

潮音

太田水穂主宰

大正四年六月三十日第三種郵便物認可
昭和二十五年三月一日發行　毎月一回一日發行

潮音第三十六卷第三號

目次

三月號

第三十六卷第三號

「潮音」昭和25年3月号

絆を切って

「私は高女時代、不良少女だったのよ」

妙子は私と二人だけの時、耳にこっそり囁くように、東京府立第一高等女学校（現都立白鷗高等学校）時代のことを語ってくれた。

私は笑うどころか、ふっと悲しみが噴き出たのを忘れ得ない。

妙子の本籍は、浜町二ノ十四。大正八（一九一九）年、十二歳で福井から上京してすぐ三月に、公立の日本橋区立千代田小学校（昭和二十年廃校）を卒業、四月五日に府立第一高女に入学している。

家族の温もりも知らず過した六歳までの寂寥が一生を支配すると、私に囁いた妙子の微妙な揺らぎは、おそらく、こまやかな心情をもち始める高女時代の心の飢餓がもたらした結果であろう。

歌集『朱靈』（一九七〇年）の後記で妙子は、そのような心情を吐露している。その飢餓とたたかう以外に方法のないという心のしこり。

私が言葉を発するのをためらっている間もなく、

「制服を着て映画館に入り、映画を見に行ったら先生に見つかって、職員室で立たされたの」

と沈黙の私に告げて、自らはほっとしているようであった。悔いの心も感じられず、むしろさわやかなイメージだった。

妙子の高女時代をもっと知りたいと思った私は、或る日、現在は都立高校となっているその高校を訪れた。

高校に着くと、同窓会の会員の方が出迎えて下さり、私に過去の事実を教えてくれた。「古い引出しから見つかった」と、その時代の写真も見せてくれた。

「そうとう荒れていますね。大分、不良少女だったようですよ。でも卒業する時は、ちゃんと、まともに立ち直っています」。また、当時の保護者の資料も教えて下さった。保護者、山村正雄、保証人は叔父の山村平次郎。父の弟であった。やはり実の父は娘への愛情を大切にはぐくんでいたのだ。

私が妙子を歌の師と仰いだ頃、妙子はすでに六十歳を過ぎていたので、高女時代の不良生活も淡々と語っていたが、当時はどれほど苦しまれた末であっただろう。

そして私からみれば、日常の生活での妙子は、むしろ孤独や心の飢えをとりもどすためのように、独特の仕草もみられた。人に対するなつかしみ、異様なまでの行為もあり、私は幾たびもはっとしたことである。

たとえば、かつての思いを偲ばせていた人の新婚家庭の灯りを見て来てほしいと頼むこともあったし、ある時は、官庁に勤めていたある人への想いやあこがれの故か、彼の家を見て来てほしいと言われた。

私は歌友の森山晴美さんと二人で逗子まで、彼を訪ねて行った。一旦は人違いで見つからなかったが、再び調べ直してみると、ある職業訓練所の所長をしていることが分った。その旨を妙子に伝えると、「あの人らしいわ」と頷いていた。会ってきてほしいと頼まれ、訪ねてみるともう辞めておられ、叶わなかった。

妙子が語られた高女時代の思い出に、家へ帰っても団欒のぬくもりもないから、出来るだけ遅く帰宅するようにしていて、関東大震災の折も遅くまで学校に残っていたという。

「それで幸い命が助かったのよ」

「恐らく瓦礫の中に埋まって命も失っていたかもしれない」

この助かった命で一つのことをやり遂げる力と幸せを得たのだ。

妙子には、佐渡から上京して寄寓している友達がいた。互いに家へ帰る心も疎く、学校の帰り、松坂屋の食堂でお菓子を食べては帰宅を遅くしていた。その友人とは、熊木いし子さん。妙子は小遣いに不自由していて、妙子にお貸ししたこともあったという。

この友人熊木いし子さんは、妙子が晩年、田園調布中央総合病院に入院した折、毎日のようにお見舞いに見えていたので、私は忘れ得ない。

またお住まいも偶然私の住んでいた大田区の石川台の近くで、妙子亡き後も訪ねると、古い妙子の写真をたくさん見せて下さり、私に下さった。

彼女の話では、夜中にタクシーで熊木さん宅へ妙子が来て、「今主人と喧嘩したので飛び出てきたの」と告白した夜もあったそうだ。いかにも妙子のエネルギーだと私は思う。

その夫君の輝氏も、妙子の死後私に、「月に一度は必ず妙子の思い出話をしに来て下さいよ。来ないと承知しませんよ」と言われ、思わず心打たれたのを忘れない。

訪ねていくと、お骨はまだ家に置いてあって、「お骨があるとまだ妙子がこの世にいるように思えるのです」と、本音を洩らされた。

夫婦というのは意味深なものだと思ったのは、妙子の意志のつよさを感じた時のこと。夫君は医師なので常に看護師たちにとりまかれて働いており、妙子も女性であるから夫に対して心を閉ざすこともあったのだろう。辛いようなことを洩らすこともあり、私が見ておれなくなって、「白紙に戻されたら」と、うっかり伝えると、駅のベンチで大声で「覆水盆に返らず」と妙子は叫んだ。道をゆく人はふり返り私たちをみつめて去って行ったのを思い出す。

妙子は一つのことをやりとげるには、全ての絆を絶ち切らねばならないと、私にいつも言い、家族の絆にしばられることもあった私は、反省ばかりしていた。

妙子は、家族の絆の中でも歌へ向うときはひとりの人間としての存在を見つめ、ひたすら歌へと真摯に打ち込んでいた。

部屋も私に見せてくれた。家族の部屋を通ると、一段昇った奥に妙子のいう「屋根裏部屋」がある。畳の六畳ぐらいの広さの空間だった。そこで妙子は、ひたすら、おのれと対峙し、存在を見つめつつ、歌へと作品化していたのだ。

今も、あの清潔な一部屋は忘れ得ない。

入院した妙子は、夫の輝氏がお見舞いに訪ねても一言も口を利かなかったという。輝氏は私に、「穴澤さん、お見舞いに行ってやって下さい。僕が行っても一言も口を利いてくれないんです」と。私は、妙子の気性を知っているのであまり悲観的には受けとめなかったが、思い出す出来ごとの一つである。

私が歌集『ひたごころ』を平成二十六（二〇一四）年に刊行した折、三女の典子さんに贈った。その時のお手紙に、「妙子は歌人九割、家人一割の人だったと理解しております。歌集を読ませていただくと、その九割の部分を知ることが出来、子供としてさらに懐かしく母を思い出すことが出来ます。……お体を大切になさってもっともっと妙子を書いてください。」というような内容があった。私は母として歌人としての妙子の在りように感動した。

Ⅱ

「虚」という信念

私は、平成十一（一九九九）年の「潮音」に於いて「葛原妙子論」を書いた。妙子が歌へかけた命の重み、叫びとは何だったのか。六、七歳までの環境が一生を支配するという、その間の寂寥、その原体験から抱え続けた孤独、人間存在の本質を、妙子は歌へとこめた。

水穂との出会いは運命的なものであり、妙子の歌の完成度を助けた。水穂も「水穂を奪ひ取れ。水穂を越えよ」と寛容の心の大きさを示し、妙子は水穂との出会いによってこそ独自の歌境を開いていったのだ。師水穂から俳諧的手法の飛躍、省略、虚実出入を学びとり、妙子はそれを生存の礎として折々の詠嘆に生きる本質を歌いこめたのだ。人間不在や日常の背後にひそむものを、折々の生活から積み重ね、歌集の、その都度都度の重み、独特さを生かしている。

幼時、壁に向って耐えた寂寥ものりこえ、虚実一致の手法から、生きる存在の礎を築きあげている。傍にいた私は、妙子の、その一歩一歩の苦痛、よろこびを身に沁みこませている。また私への戒めとして「生あるもののかなしみの感動を普遍的具体的に出すこと、時代が出ていなければいけない」と常々言っていた。

時代の背景を理でなく感動で表現することを常に私は教えられた。人間の苦悩も虚構や暗喩を駆使して、人間の本質を、と常に熱く語られ、私は畏れすら感じる程の激情に耐えかねる念《おも》いをもつこともしばしばであった。しかし、妙子は、人間の宿命的なものの本質把握、批判も表現することに、老いと共に解き放たれ、自らゆったりと軽い着想に至って「をがたま」の世界へと生命の燃焼と歌のゆたけさを願って辿りついたのだ。そこへ辿りつくまでの体力ある時期の苦悩も傍でみていた私は、「信仰に頼ったらどうですか」と言ったこともあるが、妙子は大声で叫ばれた。

「神仏に帰依したら歌人葛原妙子はおしまいです」と、強い声で答えたのは前で紹介した通りである。

最も体力的に充ちていた頃であろう。

妙子は昭和三十八（一九六三）年、五十六歳で第六歌集『葡萄木立』を上梓し、日本歌人クラブ賞を受賞。さらに昭和四十五（一九七〇）年に第七歌集『朱靈』を上梓、第五回迢空賞を受けているが、五十代から六十代にかけての最も体力も生きる心もはずんでいた頃の妙子。私が訪ねるといつも、「今、読書をしていたのよ」と語っていた。

時代を知らないといけないと、新聞記事をぎっしりと貼っていたノートも見せてくれた。観念のみでなく、現実の世の中の動きをも通して、社会を見つめつつ、生きてゆく生存の感動を詠嘆すること。「潮音」外の歌人からも学ぶことの大切さを訴えていた。

虚構、暗喩を使いながら、人間性の存在の真実を、と。壁にも、たくさん新聞記事などが貼られてあった。己を支えた歳月の豊かさ、これも身体の勁《つよ》さよりみなぎったのであろう。

広く深く独自のもの

人間の生存の暗部を見る作家の眼差しが妙子に培われたのは、幾たびも触れるが、幼児期預けられた親戚の家で孤《ひと》り壁と向きあっていた、この寂しさも何とも思わなかったという、つよい心意気があったからこそであろう。

十六歳で関東大震災に遭い、上野まで廃墟を一人歩いたこと、一瞬に友を喪《うしな》い、生き残った自らの命の重さに、やり遂げることを決めたという。より強靭な精神、人間の生存の暗部を見る作家の眼差しが培われたのだろう。

また、実母も妹も俳人という環境、そして師太田水穂との出会いは、天性の資質の上にさらに大きな幸運であった。

しろじろと花を盛りあげて庭ざくらおのが光りに暗く曇りをり
太田水穂『螺鈿』（一九四〇年）

右の水穂の歌について妙子は、満開の桜を見て、感覚を通して妖という奇怪な生命の現象、ひいては思想に至りついているとし、「人々はもっと先人の短歌を怖れるのがよい。それらに学び、それらを踏まえた上で最も自分らしい思想を打出すべきである」と言う（「初学講座」、「潮音」昭和五十二年）。

私は、この数行に妙子の生涯の、苦しい出立の経緯をみる思いがする。広く深く独自のものを打ち出すために、「ときに目が腐るほど本をよむ必要があった」とし、あるときは「後頭部がおかしくなるほど考えにふけること」（随筆集『孤宴』、一九八一年）もあったようだ。

水穂の「庭ざくら」の歌は、先の文章より十年前「与える詩、与えられた詩」として「潮音」誌にとりあげられており、下句の「おのが光りに暗く曇りをり」について妙子は、桜から詩となるべきものを受けとり、更に桜へ自らの詩を与えたとして「皮相的な小主観に終らず万物の生命の根元にある無気味」を感じとると書いている。執筆当時の妙子は『葡萄木立』から『朱靈』へ到る時期であり、水穂の歌に見られるこのような実存的見地、美意識を踏まえ、自らの思想を打ち出していったのであろう。水穂、妙子それぞれに壮さの頂点であった。この時期、妙子は「さりげなくおそろしいことが歌えれば」と合評で発言しているように、日常現実の更なる飛躍、単純化によって、よりほしいままなる想像の世界を目指していった。

水番の飼へる一尾の銀ぎつね犬よりもやや嗄れて鳴く

『朱靈』（一九七〇年）

右の歌にみるように虚実を閃くような想念によって結びつけ、より具象的になりつつ具象をこえた世界を暗示するに妙子は到った。まさに水穂の「内面的に無限の者を有限の形象に於て直観的にあらはす」の手法を学びとったといえよう。

　表現の単純化、抽象化とともに殊に妙子が苦心したのは、抒情性と韻律であった。

冬牡丹千鳥よ雪のほととぎす

松尾芭蕉（「野ざらし紀行」一六八四年）

　この句について妙子は「幾つかのイメージをもった体言を音譜のように置き、僅かな助詞によってその間を綴った、この俳句にも確かな深い抒情性を覚える。究極的に『私の魂の揺らぎ』を伝え得ることによってこそ秀れた作は残るであろう」と説いている。

　妙子の説く、妙子自身の魂の揺らぎを真に理解することは、他者にとって難しいことではあるが、初期からの孤独感が次第に昂じ、その実在、死への怖れ、現代を生きる不安が『葡萄木立』において頂点に達したのであろう。

一枚の目鼻なき繪の輝けり人垣間《かいま》みることなき部屋に

『葡萄木立』(一九六三年)

ぎつしりと燐のあたまの詰まりたるマッチ箱ぬき　しづかにわらふこども

後述するが、かつて妙子が軽いところへぬけ出たい、と洩らすのを私は聞いて「芭蕉のような軽みですか」と質問すると、しばらく考えこんだ挙句、「違う」と言ったことを思い出す。魂の行方《ゆくかた》として天空への強い憧れがあったのではあるまいか。

水穂と妙子　水穂生誕百年記念号より

妙子は、「潮音」水穂生誕百年記念号（一九七六年）に寄せた文章「水穂と妙子」を、「老い人はいつも立っていた」の一文から始めている。いかにも妙子らしい把握さである。うしろ向きか、前向きかさだかでない水穂師。師の立姿の端正さ、立つ、ということはこの際、その人の精神内容の形として受けとれるという。

秀《ほ》つ峯を西に見さけてみすずかる科野《しなの》のみちに吾ひとり立つ

太田水穂『つゆ草』（一九〇二年）

明治三十五（一九〇二）年、水穂二十七歳。第一歌集『つゆ草』の冒頭の一首。

妙子は、この一首からいかにも妙子らしい把握をのせている。雄大な自然の中の一青年の孤影を。自己を強く持することの不安でもあるからであると。

昭和十四（一九三九）年四月に晩年の一弟子として水穂に入門した妙子は、次のように言う。

「三十三歳、ふうむ。遅すぎるともいい切れないが――」

水穂は口を噤《つぐ》んでしばらく、「まあしっかり」と継ぎ足されたという。水穂六十四歳。

水穂の書斎は母家の南角にあり、西洋種の華やかな紫陽花に、窓辺は充ちていたという。

妙子は水穂の添削について、「怖しい歌人」と思ったことがあるという。妙子の自作一首。

一點に凝らむと据ゑしわが眸《まみ》に緑の氾濫のすでに濃き野よ

これを読んだ水穂は、下句「縁の氾濫」から、まず「の」を抹殺、詰めて「縁氾濫《りよくはんらん》」とされたという。

これについて妙子は、電光のような早業で紡いだ一つの造語は、まさになだれようとする緑の塊をイメージしたという。下句のたるみが、すぐに消え失せたという感慨を記している。

水穂の老年期の華やかな銀色の世界と考える、妙子の抽出した歌を記そう。

草はみな虫にかなりしあさ風に一つただよひとなりて流るる

水穂『螺鈿』（一九四〇年）

しろじろと花を盛りあげて庭ざくらおのが光りに暗く曇りをり

白王《はくわう》の牡丹の花の底ひより湧きあがりくる潮の音きこゆ

昭和十九（一九四四）年八月、軽井沢に疎開を決意した妙子は、鎌倉の山荘九段を上った。水穂は、

「君どこへ行くのだ。なに疎開？　君なにをそう慌てているのだ」と言い放たれたという。妙子は頭上に降った一喝という。

山荘は荒廃するに委《まか》せていたという中で、前庭の紫陽花だけはいきいきと咲いていると妙子は記す。

私が初めて水穂の山荘を訪ねた折、太田絢子（一九一六～二〇〇九）先生が門を入る前に、「葛原さんの詠んだ紫陽花の花がたくさんあるのよ」と窓辺に連れていって下さったのも、妙子の水穂との、このような過去があったからであろう。

後述するが、五年くらい妙子の先輩にあたる社友の翁たつ子さんが、妙子の思い出をよく語ってくれたのだが、忘れ難い話の一つとして、妙子の歌会の様子のことがある。

みんなは水穂を敬って身を硬くして話を聴き、批評を受けとめていたが、妙子だけは、師水穂に対して、生きる詠嘆を語り合う同志の思いであったのだろう、納得のいかない場合は、じりじりと身を近づけ、膝をつめて言い寄ったという。私は、いかにも妙子らしいと納得する。私に対する妙子の作歌の指導も、接し方も上下関係なく、横ならびの同志として、一人の人間の生きる熱さから激つものであったから。

三十二歳で入社したことに妙子は、焦燥感もあったのではないかと翁さんは洩らす。翁さんは、かつ、あの日の歌会の折は、典子さんを身籠っていたと気づき、あの日の迫力や、みごもり女を詠んだ歌に生活者の基盤を感じたともいう。

懐胎女《みごもりめ》葡萄を洗ふ半身の重きかも水中の如く暗きかも

『葡萄木立』（一九六三年）

茂吉のこと

私が妙子を訪ねた折、「今、茂吉を読んでいたの」と言うことがしばしばあった。私は、茂吉の語法やその詠嘆に妙子のひたすらさを常に感じとっていた。

「潮音」創刊五十年記念号（一九六五年）に「暗喩」と題し、象徴の原型について、妙子は茂吉の歌の象徴性を掲載した。

たたかひは上海に起り居たりけり鳳仙花紅く散りゐたりけり

斎藤茂吉『赤光』（一九一三年）

象徴体の背後に多くのものがこもっている。暗喩は、象徴歌の心臓を指すという。戦争と、その残酷さ、そして心の不安定。妙子は、かつ甘美な美しさを感じとっている。

また、四賀光子（一八八五～一九七六）の一首にも触れている。

黒松の防風林をふちとして一湾は銀の氷《ひ》を充たしたり

四賀光子『白き湾』（一九五七年）

歌集『白き湾』の代表作。この女人の孤独と静けさは、「一湾」によって暗喩されていると。また妙子の作では、

月蝕をみたりと思ふ　みごもれる農婦つぶらなる葡萄を摘むに

『葡萄木立』（一九六三年）

妙子は「月蝕」と懐胎女のひきあう暗喩を言う。母胎の空虚を埋める胎児。この現実を通してさらにもう一つの現実。葡萄の房は生命という

不気味さを根底において繋りうると言い、妙子は非人間的なもの、頽廃や虚無といったものをも包む歌という、女性のさまざまな絆への戦いへの挑みと訴えている。

築　城

妙子は昭和三十五（一九六〇）年、五十三歳の活発な頃に蔵王地蔵峠に登っている。私はいつか記憶にはないのだが、「潮音」で読んだのか、深く心に刻みつけられた一首がある。

築城はあなさびし　もえ上る焰のかたちをえらびぬ

『原牛』（一九六〇年）

「もえ上る焰のかたち」の表現にはっとした。城主の権力によってある城に対して、いずれ滅びることを予感する鋭さ。永遠の権力というもののない空しさ、はかなさ。また、

人の影ふとありし消ゆ城櫓《やぐら》昇りつめたる小さき窓に

城主は高きにのぼる軍兵《ぐんびやう》のよするまぼろしを四邊に置きて

この連想に戦う人間の怖しさ、みにくさを妙子自身、心の奥底に刻みこんだ旅だったのだろう。

この想いは常にひろがり、現代へも戦争のなきことを希望として詠嘆していることでよくわかる。また同歌集『原牛』にある歌、

いつしんに樹を下りゐる蟻のむれさびしき、縦列は横列より

私は若い頃この一首の「縦列」に権力の表現を思いうかべ、人みな横ならびの生きゆきの豊かさを心に刻みつけたのであった。

また同歌集の「黄道」から忘れ得ぬ作品、

墓石はなにの中心　雪はだらなるひるにおもへる

雪の中に立つ墓石に、生きる寂寥の思いを「なにの中心」と訴えている。人生の終りへむかいつつ、ひたすら生き継ぐ力。雪の中でも、しんと立つ墓石。壁に対《む》きつつ心を支えた孤独な心意気。

原野にて雪降る野にてひとりとひとりの出あひはおそろしからむ

幼い時より身の芯までしみこんだ人の存在感を受けとめる。絶対的な存在の自分という人間が、お互いに出あう。そして、出あった人のかかえこむ孤独に接するおののきが表現されている。

原　牛

平成二十八（二〇一六）年の一月に私の属する短歌結社の先輩、翁たつ子さんが惜しくも逝かれた。九十九歳。

私にとって翁さんは親しく、かつての結社のことや師妙子について、いろいろと語って下さった。翁さんは昭和九（一九三四）年に潮音社に入り、水穂や光子、青丘に師事。妙子は、昭和十四（一九三九）年に社友となり、水穂、光子に師事しているので、妙子の過去の出来事など私に思わぬことを、気軽に笑いつつよく話をしてくれた。

その中で私の忘れることのできぬ思い出話がある。思い出というより妙子の生きること、詠うことに対する激しさといえようか。

第五歌集に当る『原牛』の「あとがき」で妙子は、集名は日本海を見て得た名であることや、鳥取砂丘のあい間にみた海の力充ちること、それゆえに「りりと寒いものの悲哀」を述べている。翁さんは私に、葛原さんは大阪の歌の会で自分の作品を受けとめてもらえず、非難の声さえあり、くやしくて思わず鳥取砂丘まで旅してしまったのであると伝えて下さった。その時に詠んだ作品が『原牛』に収められていると。

私は五十歳すぎの妙子の行動の活潑さ元気さに教えられた。「作品原牛　日本の裏がはを旅して」と前書きがある一連である。

蟲となり砂上にかぎろふしばらく　われ呟けり「砂丘・鳥取」

『原牛』（一九六〇年）

わが足元小さく立てり砂に置く風紋のなべて押しくる風よ

人ゐざる砂原たひらと思ひしがあまた落窪みくらがりはある

砂の線つね崩れつつささやけりわがみぎひだりまたうしろにて

人の存在のいかにもろく、苦悩や悲しみのおとし穴があちらこちらに在るかという不安を想う。
しかし無人の海を堰きつつ立ち上る砂丘に、もろい人間の存在に力を湛《たた》えるつよさを抱こうとする妙子の迫力。鳥取砂丘まで駆けつけた命の力そのものと受けとめる。

原牛の如き海あり束の間　卵白となる太陽の下

鳥の目は大きくひらき砂上過ぐうしほに荒れし翼を翔りて

死の如砂の明るきしんかんと松は砂粒の石英を吸ふ

砂の上にとほく鼻目を喪へるわれありとして砂丘は翳る

「原牛」という表現も、いかにも妙子らしい迫力ある表現である。原牛というのは、家畜牛の先祖で、ウシの一種。フランス、スペインの先史洞窟壁画に描かれていて、黒褐色または赤褐色。角は長く先端がやや内に曲っているという。その下で溶けてしまいそうな我の在りよう。原牛のような海と太陽の下の人間のひとり。

心のゆらぎを抱きつつ訪ねた海を、このように力こもる、また勁さあふれる表現で詠う妙子に、心の揺らぎと負けぬ気負いとを私は思う。

また、歌集の叙文には室生犀星（一八八九〜一九六二）の文章があり、妙子はあらためて心奮うおもいであると「あとがき」で述べている。

その叙文は、「和歌の體位」という題で、「葛原妙子の流れの落着きは美しい古歌をその地下に浸透させてゐる。それでゐて決してそのながれに安易に身を置いてゐない」「あたらしく羽ばたきをしてそれを狙ふといふことほど大切なことはないし、それが作家の難しいかぎになるのです」と書かれている。妙子の力が湧くことへの願いだ。

この旅における宿泊所での詠嘆も忘れ難いので数首挙げよう。ひとりとなって泊ることとの安らぎ、また孤の顔を映す鏡への怖れなど。

ひしとしたしきものをとほく置きひとりなるとききたらむ睡り

毛髪を解かむ鏡にうつりゐてわが顔の原寸ある怖れ

厚き聖書と鍵を具ふる卓の上ホテルは一人の旅人のため

この『原牛』は、五十三歳の妙子の心の奮いの歌集だ。

妙子は、ホテルが自分ひとりとなる閉所であるような翳りを思ったのだろう。

いろいろ日々共にお傍にいた私に妙子は、「閉所恐怖症」のような思いを漏らしていた。自分一人の生きゆきのおののき、それと真向う小さな空間。「私は飛行機でトイレに入るのがこわかったのよ」と告げられたことがある。あの非常に狭い空間でおのれと対峙する恐しさ。高所恐怖症の妙子が、かつて九階のホテルのガラス張りの所から下を眺めていた私に、ガタガタ震えつつ、「止めなさい。こっちへきなさい」と叫んだのを思い出す。

鳥取の砂丘で、この迫力ある海を背にいかに心を解放したかも納得できる。

砂の丘ひたすらに下りゆきしがまばゆき菜の花を鳴らす風が吹いてゐる

おほき翳り菜畑の黄金《わうごん》に落ちゐたり　突如聴くなる魔王のうたを

この二首に妙子の日常とはまた異った心境を見ることができよう。ひろびろとしてのびやかな、たくましさ。しかし、やはりこの砂丘においても、父や母が心にうかび詠嘆していて、私ははっとした。

父よ父よとわれの悲鳴の走らむに菜の花暗しまなこの暗し

菜の花の美しさも暗く、いきいきと訪れた砂丘の上でのわがまなこの闇のような暗さ。

人ひとり見当らぬ、この砂丘で「父よ父よ」と恐しくも悲しく叫ぶこえ。やはり、人恋しさの中で最も心の真中の一人である父への叫びであろう。

さんさんと砂は照れるにしづけきにいま人々のこゑはきこえぬ

実の父への真実の思いである。また、生母を想う歌。

母子を繋ぎしテープひらひらと船腹にかの臍帯に似ておもへども

この旅路で見た海上の船にみたてて、会うことなく一生を終えた妙子の、生母への一途な想い、恋しさが美しく表現され、命の根源がテープの海風に舞う揺らぎに託されている。

「をがたま」

昭和五十六（一九八一）年、七十四歳で妙子は「潮音」を離れ、季刊短歌誌「をがたま」を創刊した。その十年くらい前から健康がすぐれないこともあった。一度、高血圧で倒れてから、外出は不安でたまらず、私は常につき添っていた。

その頃の妙子は、いつも自宅の食堂で夕方まで歌の話などをしてくれ、ある時、ふと洩らされた。

「私、軽いところへ出たいの」

咄嗟に私は芭蕉の〈白露もこぼさぬ萩のうねり哉〉を思い出し、芭蕉の「軽み」のような世界ですか？　とたずねると、しばらくじっと考えておられて、「違うわね」との答え。

妙子は自身としての軽さを目指していたのだ。それが「をがたま」への志だったのか。

「をがたま」は、創刊二年後の昭和五十八（一九八三）年十一月に、視力障害のため秋号を最終号として惜しくも終刊する。その二年後の七十八歳の秋に他界したのだ。重いものを妙子らしく美しく詠もうとした過去から脱却し、題材も軽いものを選び、それを美しく詠むことを目指したのが晩年の妙子ではなかろうか。

私が傍でみつめていた妙子の様子から、もう命の終りを覚悟し生き抜いてきた勁さを、心のかろやかさで詠嘆したくなったのだと思う。重いものをふり落してかろやかに、ユーモアをも含めて心を逍遥させたかったのだろう。一例として歌を抽出する。

青白色《セルリーアン》　青白色《セルリーアン》　とぞ朝顔は　をとめ子のごと空にのぼりぬ

「をがたま」（一九八一年、夏号）

「空にのぼりぬ」に私は、現《うつつ》をこえてゆく心の上昇、達観をおもう。今までの作品にはみられなかった軽やかさがある。

ゆふぐれの手もてしたためし封筒に彦根屛風の切手を貼りぬ

妙子がこの切手にみとれて、じっと長く見つめていたのが、私は忘れられない。この黄金の切手には、「禿《かぶろ》のゐたり遊び女《め》ゐたり」の歌もある。呼びかけても返事をなさらず、この小さな切手に見入っている妙子のひたぶるさに、私ははっとした。かつてないことであった。多分妙子の心は、この小さな切手の世界に魅せられ遊んでいたに違いない。

ほかならず朝夕《あさよ》踏みゆくじゆうたんに二頭の野獣相うてりけり

左足かなしみ右足よろこぶとあなさむき朝われは歩行す

自轉車に乘りたる少年坂下る胸に水ある金森光太

めがねやにさやにめがねはあふれつつ　地藏のめがね天使のめがね

鍵束を膝に鳴らしてどこへでもゆけるわたくしどこにもゆかず

ほろほろとなりたる干菓子を食ひをれば膨れし春の水を戀ひたり

私は思わずも「をがたま」への思いをしたためてしまったが、この季刊誌の成りゆきを身近に体験し、祈りにも似た心でみつめていたので、ついついほとばしってしまった。

「をがたま」の創刊号の後記で妙子は、いかにも妙子らしい、この誌への想いを述べている。「をがたまの木」は、昭和四十三（一九六八）年の初夏に、鹿児島の錦江湾に向いた南洲神社の傍に立って見上げたものであり、また妙子の家の庭にも埼玉の安行《あんぎょう》から幼木を移したものが、すでに喬木の相を呈しはじめていた。この生長を日々見つつ、偶然にも、このたびの誌名にしたのは、恐らく目立たなくとも逞しいこの樹のような心意気があってのことだった。

ひっそりと小歌誌を作る心思いは、余程前からあったという。力を尽して詠いこんできた、心のほとばしり、力のみなぎりの時代をへて、七十四歳の妙子が先生と呼ばれたくもなく共に生きゆき、詠う同行者を想っていた頃から、私はつねに妙子の辺にいて見つめてきた。

「私は、先生ではない」

と断言しつつ、その志の深さのため、希望に充ちた同行者が抱負をもって、妙子の目指す道をともにと集ってきたが、妙子は、ほどほどの数を願っていた。私が訪れていた折も、「潮音」の歌友らに電話をして、同行を誘っていた。みなさん心充ちて感慨ぶかげな返答であったのを思い出す。企画、編集の手伝いには「潮音」の梅田靖夫が「ささやかな試みと共に誕生する小誌が少しでも短歌をゆたかにするため」というような志を述べている。

表紙の独特の絵は、創刊号は、エーゲ海シェラ島のフレスコ画、ガゼル「六匹の中の二匹」。どの号も同じく非常に珍しく新鮮なイメージのものであり、忘れ難い。印象深く、また悲しみの湧いてやまぬ最終号間近の昭和五十八（一九八三）年の秋号は、うつむいて泪を耐えているような女人の像であり、説明として小さく「戦士の別れ（部分）ミュンヘン、国立古代美術館蔵。赤絵式陶器」とある。

私は、この頃の妙子の身体の状態を知っているので、これを選んだ妙子の辛い心情を思うと耐え得ぬ。妙子は健康状態がよくなく、恐らくもう自分の限界を感じとっていたのであろう。歌へと心をかりたて、生きる力を自ら湧きたたせて、寂寥の中から立ち上った妙子の心充つる思いを、この絵の泪にふと想う。

創刊号への寄稿文は「おがたまの宮」の高橋睦郎、「楽妄想」の飯田龍太（一九二〇〜二〇〇七）、峯村文人（一九一三〜二〇〇四）が「俊成歌論抄」を。妙子の最初の作は、「空のあをみ」。

翅萎えてもとほりけらし冬天使　一夜にかほをうしなひし薔薇

私が訪ねてゆくと、「(寄稿文の) 原稿をお願いしたら今、頂いたの。ほっと安心、うれしくて」と、やすらいでいた。「でも、お頼みして失礼でなかったかしら」と不安ももらしていた。心こまやかな妙子を今想うと、訴えかけるような吐息で、自ら心を鎮められたのであろう。

夏号は、「聖六稜花綺聞」という題で塚本邦雄（一九二二～二〇〇五）の文章をトップにかかげ、「みづこうた」という題で山本太郎（一九二五～一九八八）が、「寄せる波帰す波」として北沢郁子が、「ありて忘れぬ」との題で高野公彦が寄稿。後記で妙子は、思ったより関心をもたれる「をがたま」への善意に息づくよろこびを率直に表現している。

私などへも、「お頼みした原稿が届いたのよ。とてもよかった」と安心していた心の奥処《おくか》をみせた。昭和五十六（一九八一）年秋号では、俳人森澄雄（一九一九～二〇一〇）が「遊行」を、長澤美津（一九〇五～二〇〇五）が「新風雑感」の論考を、又歌人小野興二郎（一九三五～二〇〇七）と河野愛子（一九二二～一九八九）が随想を寄せ、これらの寄稿に心から感謝している。

翌昭和五十七（一九八二）年の冬号では「生まれ来る者のための三つの咒」として高橋睦郎、玉城徹（一九二四～二〇一〇）の「やぶ枯らしっ子」の文章を頂き、ともによろこばしい、と後記で記している。この頃から身体も辛くなってきたのか、自分自身に一喝すると後記に記している。

次の春号では、「春の額」という題で野澤節子（一九二〇～一九九五）から俳句を、中西進からの「仮象を貫くもの」という論考を掲載し、後記で心より感謝する妙子であった。「しかと心にかけて下さったお仕事」であると。

昭和五十七（一九八二）年夏号では、詩人の新川和江が「日録」を、須永朝彦が「堀口大學先生のこと」を、春日井建（一九三八～二〇〇四）が「ヴェニス行」を。妙子は、共に張りつめた力が見え、「をがたま」

の会員にも意欲が見えはじめたとよろこぶ。

秋号では、「一夜の變」を俳人の飯田龍太、また高橋健二（一九〇二〜一九八八）の随想「ドイツの詩人たち」、更に石本隆一（一九三〇〜二〇一〇）から「蛇崩付近」を。

妙子は後記で病気中の龍太に対するお礼と萌えいでたみ心の御礼を、高橋健二や石本隆一への「ごかんべんを」と、多忙中へのおわびを記している。

昭和五十八（一九八三）年の春号には、俳人の柴田白葉女（一九〇六〜一九八四）の「陶人形」、高橋睦郎の「異形式を奪う」、歌人稲葉京子の「螢の墓」の文章があり、妙子の、

薄暑ある幻燈の中かすかなるゐまひたもちしわれのあらはる

「をがたま」（一九八三年、春号）

をかかげ、現実と幻覚のあわいの感覚の抽象としての情景を鮮明に、読む者の心を奪うと記している。

次の夏号では、吉岡實（一九一九〜一九九〇）の詩「東風」、又「観念の絃」の三枝昂之、「父と母のかげ」の角宮悦子（一九三六〜二〇一六）の文、この三氏を招待。このゆかりを深く思う妙子の後記がある。

そして妙子は身体がいよいよ耐えられず、十一月の秋号で「をがたま」も終刊せざるをえない無念さを嘆いている。この最終号には、「老人の夏」の俳句を相生垣瓜人（一九二四〜一九八七）が、「一宿の聖《ひじり》」の文章を岡部桂一郎（一九一五〜二〇一二）が、三国玲子（一九二四〜一九八七）には「優しき薩摩隼人—福永耕二のこと—」の文章がある。

私は、この十一月に「をがたま」が終刊となったのを、弱りはててきた妙子の日常を思うと、自ら最後の詠嘆への力をふりしぼってたどりついた、ある意味では身の勁さをしみじみ思う。

「戦士の別れ」（部分）の表紙は、いかにも最終号らしく、私は泪のみずみずしさに心打たれる。禱りにも似た、人間の命への深さ。そしてそこに妙子の瞳を重ねてしまう。

そして表紙を開けてまず、したためる歌の文字も創刊号より細々として、やはり涸れ水の滴りを想う。

前述したように、妙子は創刊号の後記で、会員はほどほどの人数にしたい、志の強い同行者が、心の赴くままに歌をよみ、文を書き、それらの力を自らの励みにしたいと記しているが、私が訪れた折も、その相談をうけ、同行者に電話をかけていた。

もう他界した「潮音」の先輩たちを思うと私も、今ですら励ましの心を頂く。

創刊号から挙げよう。社外の方々も。

高橋尚樹、立川敏子、寺田栄子、牛山ゆう子、廣瀬福子、鈴木春江、小島縫子、高橋正子、奥道子、山形裕子、緒方美恵子、苔口万寿子、林市江、大橋佑江、翁たつ子、藤橋市郎、親松年子、石川昌男、前田信一、長谷川富市、梅田靖夫、寺脇徹郎、渡辺勇、船越忠雄、大塚陽子、

可児和歌枝　越川テル子、若松君子、永井保夫、中村すみ、堀内寿穂子、鬼塚文雄、宮西澄子、増田友子　樋口君子、伊藤玲子、松川洋子、米山恵美子、伊佐敷敏子、麻生美智子、江崎澄枝、谷口恭子、各務二三夫、浜上優子、ほき・しもと　楠本邦利、内田千鶴子　佐渡山綾子、奥田嘉子、茅亮子、守分婦美　小町谷美和子、中島多喜江　桐原美佐穂福田頴子、中島雅子、吉松留子、木村好江　村田正志、穴澤芳江。

「をがたま」は終刊となったが、妙子は、作品の賑やかさをよろこび、「詩際」なる言葉も理解されそうだと後記でよろこび、梅田靖夫の「葛原妙子という磁石の強力」を言い、妙子の強烈な選歌と添削を会員たちが信じきっていることにこころ打たれると、締めくくっている。

妙子の「をがたま」への飛翔、心の叫び、勁さを底に秘めつつも、かつての歌への強い志と生の力を踏まえて、ゆたかな、かろやかさへと生命の充実を希望する誌として私は心に抱いている。

「をがたま」創刊号

「をがたま」最終号

揮毫

追うように　―近藤芳美―

療養専一の日々を送っていた昭和六十（一九八五）年四月十二日、妙子は長女葉子により受洗した。洗礼名はマリア・フランシスカ。同年九月二日に多発性脳梗塞に肺炎を併発して亡くなる、ほんの数ヶ月前のことである。

葬儀ミサ、告別式は、文京区の東京カテドラル聖マリア大聖堂にて行われた。

私はこの日の悲しみの刻々が、今も身に沁みこんでいる。師との永遠の別れに浸っているばかりでなく、受付として役に立つことを希《ねが》ったが、僅か一日の短い時間の中での、生きることと、訣別の、人間の心の動きが今もありありと灼きついている。

最初に一時間くらい早く玉城徹氏がかなしみの中、式場へ入られ、次々に迎える悲しみの人の中で、「潮音」の太田青丘氏が、よろけられるようにたどりつかれた。青丘氏は、心の細やかな優しさと悲しみに純粋な人である。どれ程、心を打たれ、鎌倉からたどりつかれたのであろう。

また、次々に参列される方々の中で、馬場あき子氏が、その表情に悲しみをたたえて帰られる時、私がそのお心の気づかいにお礼を申し上げると、目にきらりと泪の玉をお見せになり、それでも力をふりしぼって、「みなさんで葛原さんの後を、頑張って下さい」と言われた。さらに私の目をみつめ、「葛原さんの後につづいて頑張って下さいね」と続けられたことを生涯忘れ得ない。小さなお声であったが、心から願って下さっている、この心の勁さと願いを。私はかの感激を常に抱き、現在まで努力している。あの一言は、私の生きゆく努力の芯である。

また、いまも心に深く深く、つよく忘れ難い参列された歌人がおられる。

妙子の霊柩車が式場を出る時、私達は後に続く車に乗っていたのだが、みなさんがお別れの眼差しで見送られる列を過ぎて出口の門にさしかかると、直立不動の男性が丁寧に頭を下げられていた。門を出る車を、いかにも深い心で、敬う心でじっと見つめられていた。近藤芳美氏（一九一三〜二〇〇六）であった。

妙子はかつて随筆集『孤宴《ひとりうたげ》』中の「歌人日乗」で、近藤芳美氏のことを書いている。近藤氏が出演した「日曜美術館」をテレビで見た折のこと。絵を通しての言であるが、妙子は、「現実を作品の中に作る歌人」とし、「歌とは事実に対して『虚』だというかねがねのわたくしの信念と一致するものであった」と語り、絵を通しての精神性を妙子は心から肯定していた。はろかへとゆく妙子のなきがらの車を、どこまでも追うように見つめておられた近藤氏の眼差しを今も思い出し心打たれる。

Ⅲ

ゆふぐれの水

私が初めて葛原家を訪問したのは、昭和四十六（一九七一）年、妙子六十四歳の秋である。第七歌集『朱靈』により迢空賞を受けたお祝いに、林市江さん、高橋正子さん、高崎日代さん、中沢俊子さん、苔口万寿子さん達「潮音」の先輩達とともに、選者の妙子宅を訪ねたのだった。大森駅で誰かが緊張のあまり体を震えさせていたのを思い出す。苔口さんが撮影してくださった古びた写真が今も私の傍らに残るが、うち二人はもうすでに他界している。

その日、妙子は終りに色紙に歌をしたためてくださり、「お持ち帰りなさい」と並べてくれた。妙子の色紙数枚をみんなで頂くことになり、図らずも私が頂いたのは、最後に残った一枚であった。色紙には、つぎの一首。

他界より眺めてあらばしづかなる的となるべきゆふぐれの水

「他界より」「的となるべき」「水」、何と動かし難く寂寥にみちた韻《ひびき》だろう。小さめの色紙に書かれた、『朱靈』収載のこの歌が、妙子の代表歌になろうとは、その時誰が思っただろう。私は今も大切に壁面に飾っている。

「他界」と「的となるべき」は、勁《つよ》い力こもる墨の文字で、いかにも妙子らしい。「しづかなる」と「ゆふぐれの水」の、静かなひたごころを表現するような細くて美しい文字はどうだ。私は、生身の妙子の、この境地を若いながら、うっとりとまた悲しくも憂いつつ頂いた。

的となる水とは泪ではなかろうか。現実の世界から抜け出て生身を離れて、この生の世界を眺めることがあれば、身より噴きあげる、またじわじわと湧く泪。

生きていることより常に、よろこびとしても悲しみとしても泪は心の泉ではないか。

肉親の間の争い、人と人の交流の心より湧くよろこびの泪。生母への想いや戦争で命を失った家族の悲しみの泪。

またよろこびの泪は、生きる力をあたえてくれよう。現実では感じ得なかった泪の重さ、尊さを現実の世からもし離れてみれば、客観的に、その魂の本質を見出すことができよう。

この一首が私の懐に入ってきて今も身辺にあることのご縁を思いつつ胸に抱いている。妙子の私への励まし、的なのだからこの一生をひたすら泪の湧く力に生きてゆけという詠嘆と思う。悲しくて湧こうとも、歓喜より湧こうとも、そのひと滴は生きる証であり尊い自らの命の源である。

「ゆふぐれ」に光っているからこそ、この泪は、生きゆきの力の的であり、悲しみもよろこびも凝縮された大切な命の的である。

まもなく夜に入ろうとする夕べの水——恐らく小さな一滴の水——から私は、妙子がみた生存の根源からくる諸々のイメージを受けとめる。「的となるべき」には断定に近い思い入れを感じるが、これこそ妙子の最も訴えたかったことに違いない。

長い間の実存の苦しみ、妻であり母でありながら歌人として生きる苦しみ、作歌の情熱のあまり周囲を侵食し、自らも傷つき失ったものの大きかったこと、しかもうたうことへの歓び、それら全てをつきぬけて他界への自在を希《ねが》っていたのではあるまいか。それゆえにこそ「他界」、断定の「的となるべき」が一瞬に閃めき、このうつくしい作を得たのだ。

長い間の血肉を削ぐような練磨によって、技巧をこえ殆ど直観としてうたい得た、この美しいリズム、妙子の全力量を示す秀歌ではなかろうか。

歌人妙子のさまざまの苦しみを思うとき、この一首は余人の諸々の追及を拒むようだ。

妙子亡き後三十年を過ぎた今、私はつくづくとこのように思う。妙子が数々の作品にうたいこめた泪、また、志半ばでうたい尽し得ないという心残りか、臨終の床でみせた、あの泪も「ゆふぐれの水」の一滴ではなかったのだろうか。

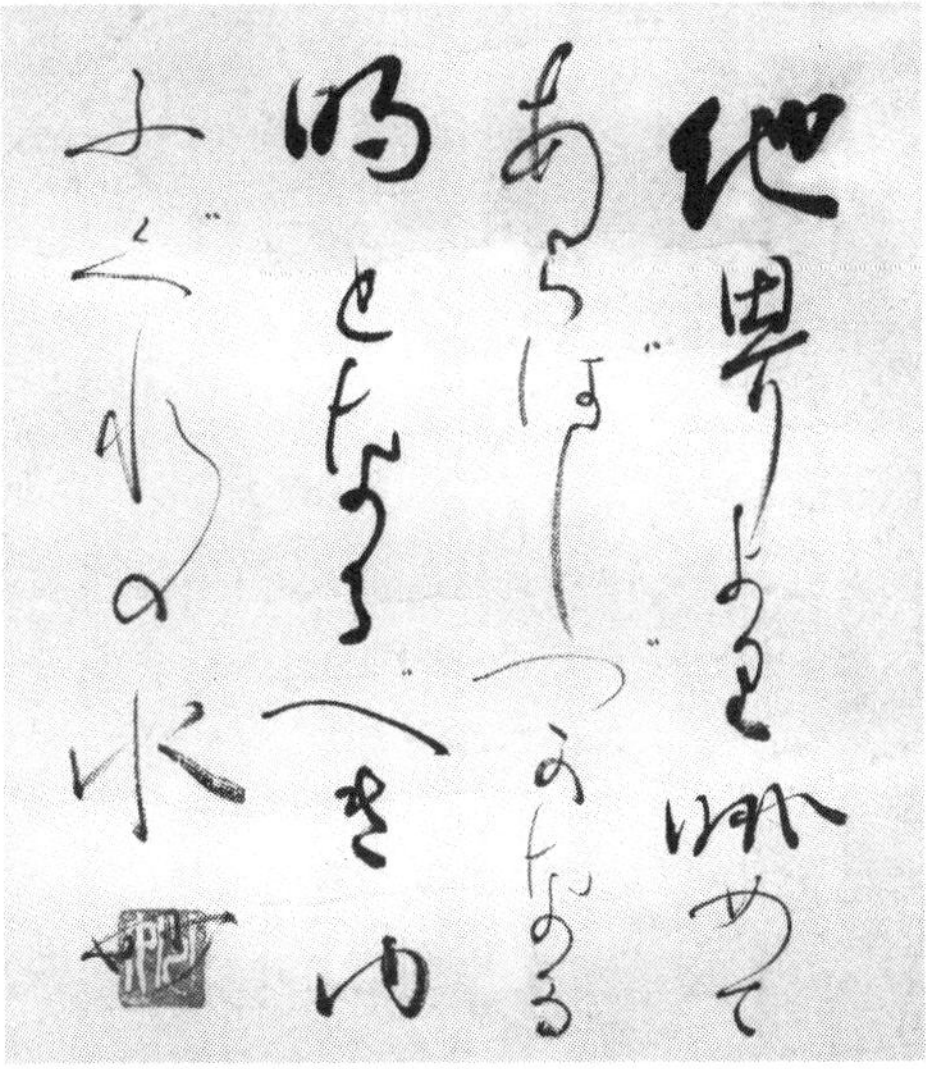

色紙
他界より眺めてあらばしづかなる的となるべきゆふぐれの水

埋めざりしや

妙子が逝去した後、夫の輝氏が私に形見として次の短冊を下さった。

薄ぐらき谷の星空金銀交換所とぞおもひねむりし

『鷹の井戸』（一九七七年）

「薄ぐらき谷」とはいかにも孤独の深みに陥っている者の眠りを思わせる。「金銀交換所」とは、愛の交換でプラトニックラブのことではないか。妙子は私に、真の愛はプラトニックラブだと思うと語ったことがある。

また次の一首、

さびしもよわれはもみゆる山川に眩しき金を埋めざりしや

『孤宴』（随筆集、一九八一年）

私は妙子に金とは何ですかと問うたことがある。すると妙子は、「私の恋しい人との出会いのことよ」と言われ、驚いて私は、わかりませんでしたと答えたことがある。妙子はふと寂しい顔をなさり、いろいろ語ってくださった。

戦中疎開先の軽井沢の近くに海軍技術研究所があり、縁あってそこの一人の将校と知り合い、敗戦後彼が去ってゆくことになった悲しみを詠嘆したのだろう。彼も格調高い清冽な歌を残していったという。

この将校は敗戦後、妙子の山荘を訪れたことがあり、妙子は懐かしそうに私へ、その人の座っていた椅子の後ろの柱に、椅子が付けた跡があるのよと語ってくれた。私は真実かどうか知らないが、その傷とは妙子の心が見た傷であろう。

私が率直に、金を埋めるということが、二人の愛とはわかりませんでしたというと、寂しげな妙子。

実らなかった恋だから、美しく表現したかったとのこと。埋めた金塊は、永遠に輝いているに違いない。漆黒の闇の中でも。

だからこそ、前向きにその後も生きてゆけたのだろう。軽井沢で経験した飢餓を始め、諸々の苦しみにも拘らず埋めた金塊の光にはげまされたかったのだ。実らぬ恋の光に勁くいきるため、後悔のない表現にしたかったのだ。

その将校が敗戦後引き揚げるとき、別れの為、妙子は夜道を一人で将校のもとを訪れた。そのとき美しい短剣を差し出され、大きいのと小さいのとどちらが良いかと聞かれ、私は大きいのを選んだと妙子。夜道を短剣を胸に抱いて帰ったその心情を思うと堪えがたい。

私はある日、「潮音」の親しい歌友緒方美恵子さんとホテルに泊り妙子の山荘を訪ね、そこから夜、妙子が短剣を抱えて通った夜道を辿った。

かなり険しい山道で林に囲まれ、物音一つしない寂寞《せきばく》の坂。どのような思いで妙子はこの坂を下りて行ったのか。

その下りてゆくとき妙子が歌ったのは将校に習ったシューベルトの老楽師の歌だったかもと夫に話したら、夫は驚き、それは戦後も大学生の間で流行っていたライエルマンだろうと吃驚《びっくり》していた。

幼い日壁と向き合った、あの寂寞にもおののかなかった自らの心に勢いよく勇気を取り戻し、後の生きゆきの礎になったのか。

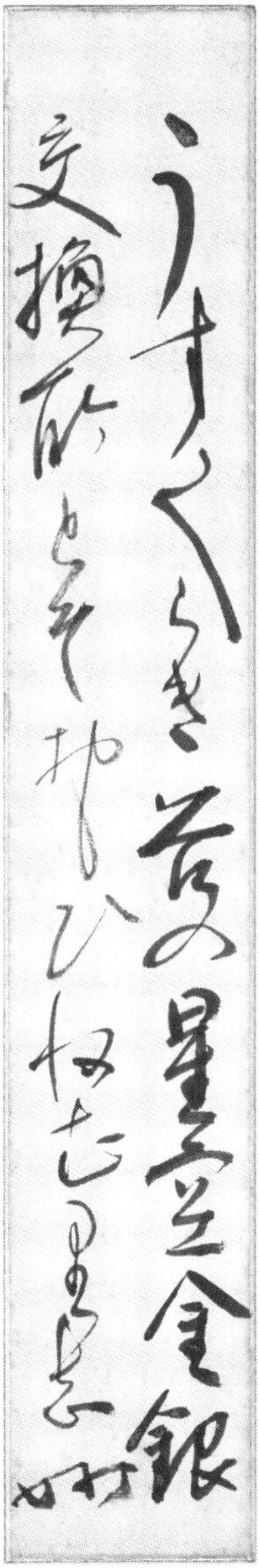

『鷹の井戸』所収の金銀交換所の歌の短冊
うすぐらき谷の星空金銀交換所とぞおもひねむりし

師の叫びの力

前々項で私がはじめて妙子のお宅へうかがった折に、ある一首をしたためた色紙が偶然私の手に納められ、その歌が妙子の代表歌の一つとなったよろこびを記したが、その日のことについて、私には今も忘れられない深い辛い思い出がある。

恥ずかしながら私は、「潮音」の選者が倉地与年子さんから妙子に変わったとき、ちょうど上京した日々の経験のストレスもあり、妙子の前で泪をボロボロこぼして泣いてしまったのだ。地方から東京へ移住した、その種々の経験の辛さ、倉地選者に対する礼の心をつくせなかった反省などだったのだろう。

妙子から、「これからもお茶碗を洗ってもらうから、台所の戸棚を教えておくわね」と言われ、みんなの使った湯のみを洗っていた私は、泪をぽろぽろこぼして泣いてしまっていた。そんな私に、妙子は「どうしたの」と問われ、私は「先生、もう私は自信がないのです」。上京しての種々の経験の辛さに弱音を吐いてしまったのだ。「生きてゆく自信の身につかない想いでここで泣いてしまってすみません」。

するとた妙子は、私の肩にあたたかい手をのせて、やさしく「駄目よ、そんな弱音を吐いたら。しっかり生きてゆくのよ。いい歌がつくれるのですもの」と心をこめて訓《さと》してくれたのだ。その後の日々のことが、いつ迄も私には忘れ難く、妙子の人間像が灼きついている。

翌日の同じ夕べごろになると電話がかかってきて、

「どうしているの。また泣いているのではないでしょうね」

と。私は相変らず、しくしくと泣いてばかり。今思うと余りにも心が純粋すぎたのか、或は、勁さとたくましさが欠けていたのか。

するとた妙子は、しーんと声をひそめて、

「泣くのはおやめなさいよ。元気を出して」

と、やさしく受話器の奥で言ってくれた。いつまでも泣きやまぬ私に、言いようのない心境だったのだろう。また次の日の同じ時刻に電話があり、同じことをささやいた。

師の思い、深い心にもかかわらず、今思うと自分の本音をもろに出した未熟な私であったのだ。しかし、本音を吐ける妙子に対する私の甘えとも、よろわない心をみせる自然体を肯定する私でもあったと思う。また、次の日も同じ夕の刻に電話があり、同じことを言われた。しかしまた前日と同様にどうしようもない私。この師の思いやりさえ感じない愚かさ。

同じような時刻に、くり返す師の電話。

そして数日つづいたある夕、妙子は、大きな力をこめて私に伝えられた。

「泣く力で詠いなさい」

叫ぶようなこえ。湧き水の溢れるような力の叫び。私は、はっと自覚。この師の叫びは現在も私の心に絶えることはない。詠う限り常に。

『玉響』への思う心

私にとって第一歌集『玉響』への思いは、妙子の心こもる指導で成ったものであり、「あとがき」や「『玉響』の作者」の序の言葉を頂いた御心にも触れてしたためているが、つよく勁く私の存在に浸みこんでいる思い出がある。

四賀光子先生が昭和五十一（一九七六）年三月に他界され、み葬《はぶ》りの相談会に二、三十人集った帰り、私は、厚かましく帰り道が妙子と同じく大田区の方面なので、ご一緒に帰らせて頂いていいでしょうかと告げると、妙子は「いいわよ。一緒に帰りましょう」と心よく応じてくれた。

私は小さくなって電車でも隣りの席に坐っていたが、ふと妙子は決したように、

「あなた、歌集を出しましょう」

と突然言ったのだ。「いえいえまだ私なんか、そのような力ありませんと、はっきり告げるもまるで相手にせず、もう思いこんでしまっている様子だった。

次の日すぐ電話があり、「すぐいらっしゃい」とせかされ、身ひとつで駆けつけると、驚いたことに、白玉書房の編集の人が見えておられ、紹介された。内心、先生は、なんて気が早いのか、私の力はまだまだ未熟なのにと怒りにも似た不服があったのをおぼえている。

翌日、我が家に白玉書房のその人が見え、原稿の予定などを質問され、私はすっかり困ってしまったが、どんどん話は進み、第一歌集は妙子の心の篤さでまとまりかけていった。

ここで、私は忘れ得ぬ我が歌との出会いがあり、なつかしく記そうと思う。

すでに発表した作品を全て妙子の宅へ持ってゆき、載せる作品にチェックしてもらったが、私が自分で切り捨てた作品もかなりあるという旨を妙子に告白すると、「それをもっていらっしゃい」と言い、また次の日恥ずかしながら束をかかえて訪れた。

妙子は、「あら、いい歌があるじゃないの」と、私が自ら捨て去った歌に目を通してささやいた。そして思いがけなくも集の最初に、切り捨てた一首をおいたのだ。

幼いながら妙子の心にとまった歌とは、

露草のひともとを踏みしあゆみなれ波紋のごとく足音ひびく

著者『玉響』（一九七六年）

道ばたにつゆ草の藍の花が地に低く咲いており、人のひとみのように私を見つめていたのに、思わず私は踏みしめてしまった。その一つ歩に私は寂しげな哀れな情を持ち、花を偲んでしまったのだ。しかしもうどうしようもなく地に伏す一花。私の心には、その足音がどこまでもどこまでも波紋のようにひびいてくる思い。そうだ、踏みしめてしまっても、心の中に浸みこんで、足音をひびかせて澄んだ心でその音を抱いて生きてゆこう。

自分では自分の歌の良し悪しは分別できぬものと私はつくづくと思った。

客観的に幼さの中に澄んだ心を、妙子は汲みとってくれたのであろう。この集にある「少年光」の一連だが、おもに私の二十代の終りから三十代の作である。

そして後記の締めくくりの文として、「この集を編み終えて、眺めやるはるか向うに朧げな水平線がみえる様に思われ、泪ぐみつつも心おののく自分を感じます。在るということの悲しくも嬉しい日でありました」と記した。

人の存在の本質を目指す詠嘆を志して生きゆくことを、若き日より妙子に教えられていたとつくづく、今になってしかと納得する。

妙子は技巧よりも、その人の生きるひたごころ、純粋さの尊さ重さを目指させたのだ。有無を言わさず実行させること、妙子のこのひたすらさあってこそ、私は未熟乍らも第一歩を踏み出せた。

妙子は何に於いてもせっかちなところもある。私が大田区の石川台の社宅から、自分の家を持とうと、土地探しの話をしたところ、

「どのあたりがいいの」

と乗り気になり、私が東京のある郊外の地名を伝えると「娘が、その近くに住んでいるのよ」と、すぐに連絡し、「明日ゆきなさい。あなたが行くといっておいたわ」と言う。

今思うと、何をおいても直ぐ実行するという迫力か。

『玉響』を出版し、お届けに訪ねた時もすぐに、「出版記念会をしましょう」と、電話の受話器をとり、歌人達に報告。あちらこちらの方々に頼んでくれた。私の意向など全く考えないため、「何とせっかちな先生」と、私は心で戸惑った。

しかし大切なことは心の奥に秘めている妙子の慎重さを思い出すと、

妙子の異常なまでの神経の細さも忘れさることはできない。

生母のことは亡くなる寸前までずっと胸に秘めていた。妙子の三女の典子さん一家が、私をホテルに呼んで下さり、

「母の生母は、どういう人なのですか」

とたずねられた。私は、妙子が語り得なかった母としての寂寥を思わずにいられなかった。

出版記念会（左より妙子、一人おいて、著者、太田絢子、水上正直）

実父の山村病院と妙子の部屋

かつて私は、妙子の実父が開院していた水天宮の山村病院を夫とともに訪ねたことがあった。妙子が幼時を過した処を訪ねてみたい思いがあったのだ。

隅田川だろうか、川のそばに病院はあった。当時暮らしていた葛原病院の跡地の住居同様に山村病院も木造の医院であった。そこへ行く迄には、当時、畑あり野ありの余り都会的でない道のりであったが、私は、しばし佇み思いにふけった。少し手前に妙子が寄寓していた折もあったという、事務長の家も木造であった。

木造といえば私は、妙子が歌人になるのでなかったら建築家になりたかったという言葉を思い出す。

妙子の自宅には質素な低い木の門があり、私がいつも訪ねると分っている時は、その門が少し開いてあり、私は常に妙子のやさしい心くばりに感動して入っていった。

妙子は、「あなたが出入りしている玄関は、実は昔病院（葛原病院）だった時、死者を出していたところなのよ」と言われ、はっとした思いも強い。しみじみと小さな上がり場の玄関であった。

「建て替えないで、病院を改造して使用しているの。老いれば現金が大切ですもの」

と言う実務的な妙子の言葉に私は同感した。

しかし、その改造した部分は、現代の新しい感覚でびっくりさせられた。傘立てなどは今でも通用する合理的な美しいセンス。鉄の金具を輪のように板の壁に付けている。

「ここからごらんなさい」

と指して下さった。入り口から美しい柱を三本立て奥の曲り角の廊下にも同じく、三本美しい柱を細く立てている。一つの絵のようだと私は白壁に囲まれて思ったことである。

また、病室だった窓のデザインが美しい。ガラスを十字に仕切って、明るい茶のガラスを二枚、四角にはめこんでいる。天井のライトもお鍋をデザインしてかかげて美しかった。妙子が、いつも座って読書をしたり書き物をしたりする長い机の椅子のうしろは、何と朱や黒の幾何学的なデザインで抽象的。妙子の現代感覚がうかがえる。四つに区切り斜めにデザインのガラスを二枚はめこんで美しい。

いつも、この前に座していた妙子が今更、私には芸術家のように思えてならない。板の扉も斜めに区切って板とガラスをはめこんでいた。

そしてある時、偶然なことに私が思い立って、かの家を写真に写しておこうと娘さんに電話したら、

「穴澤さんは幸運です。あした、あの家は毀すのですよ」

と告げられた。感慨ぶかく翌日私は一人で、ひっそりと静まり返った

かの家を再び訪ね、部屋部屋をまわり、かつての語らいや教えを思い出しつつ写真にとってきたのだ。

妙子の中国からの土産ものや埴輪があったように思う。息子さんの吐いた枇杷の種から大樹になった枇杷の樹が繁って暗い影を地上に落していたのが忘れ得ぬ。

妙子の部屋

十字がデザインされた窓

傘立て

曲がり角の廊下

師の諭し

昭和四十六（一九七一）年に妙子が迢空賞を受けてより、その後私は未だ三十代の若さで、作品をもってご自宅をよく訪れた。妙子も六十五歳ごろの壮い日々であった。

今も忘れ難い歌への教えがある。いつも隣りに私は座り、実作に対して批判や添削を受けていた。きびしく詠嘆を言われ、未熟な私は戸惑うことしばしば。しかし妙子ははっきりときびしかった。

「ごめんなさいね。私は口が悪いわね」

と洩らし、私はいよいよ小さく畏まっていた。大変うれしい教えであり今も忘れ得ぬ幾つかのことがある。その中でも今もって私の心の中にいきいきと立ちあがる一首。

サルビアの花は紅《あか》しよ歩みても歩みてもなほはろかに燃ゆる

この歌は私が推敲して出来上った。

しかし、その前に同じ歌をつくった時は、妙子に理屈っぽい、余情として残さねばならないことを述べてしまっていると言われ、考え直して（残念ながら原作は記憶にないが）推敲してやっと「いいわねえ」と同感してもらえた。下句に、サルビアの燃える力に到達できぬ苦しみや焦りを表現した故であろう。

私はサルビアの花が好きである。濃紅色の花を夏から秋に咲かせ、緋《ひ》衣《ごろも》草とも言われるという。

あの真紅の花の魅力、私は、あのようにひたすら心を燃えたたせて生きてゆきたい。しかし如何に努力しても、自らはなかなか、そのようにひたすら生きてゆけない苦しさ。その焦り。苦しみ悲しみを最初作品化した時、理が勝っていると妙子に指摘され、苦心して出来たのが、この一首であった。

大変きびしい妙子の指導であったが、このサルビアの一首によろこびをこめてくれた、かの日のことが、今もひたすら私の心の中に燃えつづけているのである。

詠嘆というものの苦しさ、そして自ら納得した折のよろこび、歳月と共に消えやらず、老いてもなお今のように心に湧き立っている。

また私が常に注意されていたことは、文章もよくなければいけないということ。いくら歌がよくても、集の「あとがき」がよくないと読む人は心落ちする。

私が第一歌集『玉響』を刊行する時も、「あとがき」を幾度も幾度も読まれ、その文の弱みを指摘した。私は書き直しをくり返し、やっと「よいでしょう」と妙子に納得してもらった。私の辛さは、原稿として今も机の上にのせてあり、思い出すたびに戒めとしている。

妙子自身も、私の集の序で短いながら、きらりと光る心持ちの高い文を寄せてくれた。歌のみでなく、文章もひきあうレベルの高い、精神的な深みのある一文である。文章の終りの部分を抽《ひ》く。

ときに『玉響』を通じて稚なさ狭さ、或いは焦慮や云い過ぎをとり出すこともたやすい。としても作者はまだ若い。いずれはたまゆらにしてとこしえを歌いうる人と信じたく、何はともあれ、切にこの第一集を祝う。

昭和五十一年仲秋信州にて

この文章を見つつ、つねに私は鞭打たれている思いがしている。

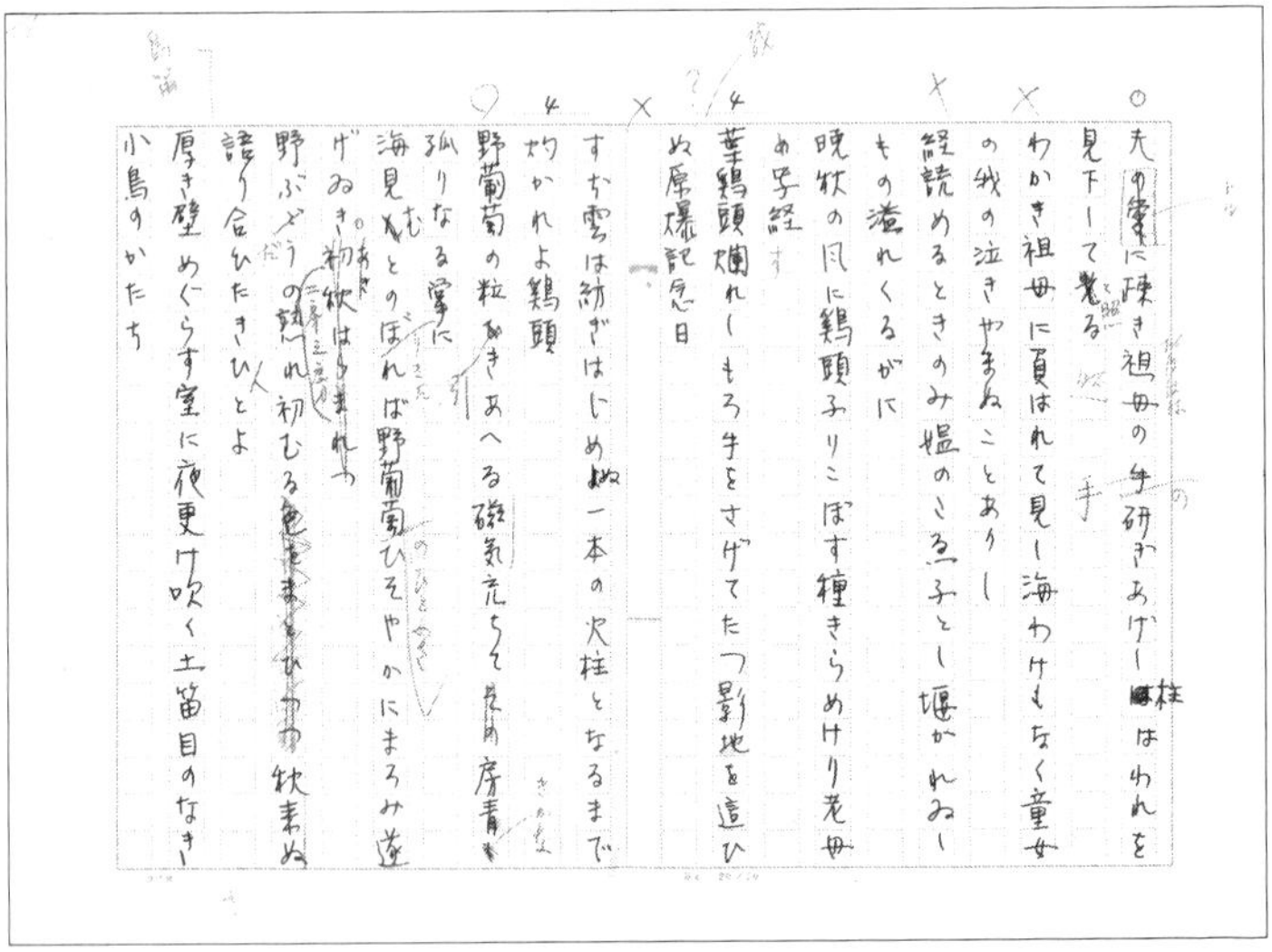

妙子の書き込みのある原稿用紙

忘れ得ぬ事ごと、いくつか

東京・大田区で「大田区短歌連盟」を設立して、妙子が会長となったのは六十二歳の頃だろうか、最も力がみなぎっていたように、同じく大田区に住んでいた私は昨日のように思い起す。

一般の区民たちが歌会に集り、最後に妙子が、批評をしていた。中々、切実な批評で私が今でも感銘をうけていて、学んだことの一つ。

藤の歌があり、藤の花房が垂れて美しいのを詠まれていたが、その一首に、垂れて花の美しさのすぐ前には花房の茎が立ちあがるということに焦点をあてた歌があり、妙子は、

「この作者はよく見ていますね。花房の垂れる前は、すっくと立ちあがって、それから美しい藤の花となって地へ向って咲くのですよ」

と言った。

私は、全く気がつかず藤房の地へ向う美しさのみ、今迄見つめていたので、妙子の批評の確かさに、納得した。花の命の的確さ。

その時、歌人は詠嘆のときも頭の中で発するのではなく、よく具象を見つめていなければならないことを学んだ。若い日の私の記憶だ。


私は夜にしばしば、妙子のゆとりある時間に訪ね、歌の指導を受ける幸せも忘れられぬが、また反省もあった。

夢中になると妙子は時のたつのも忘れて、門まで私を送ってくれつつ、またそこで作歌のことを夢中で語り出す。

私も、ついつい一緒になって質問したり共鳴したりして、夜闇の中で二人とも、時間の観念を忘れてしまった。ところが夫の輝氏がうちの中から大声で、

「もう、電車がとうにありませんよ」

と叫ばれたのだ。

はっと我に返って私は戸惑った。

「先生、どうしましょう。タクシーをひろって私を乗せて」と、未熟にも叫んでしまった。懇願である。

妙子と二人で徒歩数分の大森駅前通りに出て、路上でタクシーを見つけて私は乗り込んだ。無事夜更けに家へ辿りついた。もう時間も遅いし、報告とお礼も止めておこうと寝てしまったが、翌朝七時頃、妙子から大声の電話があり一喝。

「どうして着いた報告をしなかったのですか。私は、どこかへ連れて行かれたのではないかと、心配で心配で一睡も出来なかった」

私は大謝りに、くり返しあやまったが、そのみ心を思うと切に今も苦しい。


また、「潮音」の歌友の、妙子のお宅へ折々うかがっていた人が、トイレで倒れ、そのまま没されたことがあり、確か信州まで車で夜中に亡骸が帰られたこともあった。妙子は私に、

「あの人が今頃、夜の山道を車でねむりつつ逝かれているのかと思うと、哀れで哀れで一晩ねむれなかったのよ」

と、翌朝訴えられたことも忘れ得ない。人の身のみでなく、心奥にまでとどく妙子の思い、心の鋭さ、やさしさ、生の辛さだろう。

また、常に私にとって忘れ得ぬことの一つとして、妙子の感性としてその鋭さというか、直観力というか、日常の中から掬いあげて伝えてくれたことがある。

「私はね、お茶をのむ、その様子を見ていると、その人の性格もすぐ分るの」

この直観力によって歌も掬いとられたのであろう。考えれば、しみじみ辛いことだろうと私は思ったこともある。

また、「潮音」の歌友たちも折々、ご自宅を訪れ、歌の教えを乞うたこともあったから、その時のことを私にいろいろと語り、私自らも反省したことがある。ある人の名前をあげて、その人の歌が妙子の歌に近寄り、

技巧をとり入れているという。妙子は身体をくねくねとゆがませて、

「ああ気持ちが悪い。ごみやほこりが身体にいっぱいくっついているようだ」

と嘆いていた。そして、私に対して、

「あなたの歌は、私の歌と全く詠風がちがっている」

とよろこんでくれたのだ。

私は、我が作には常に不満で、反省ばかりしていたが、妙子のこの一言で、心から励まされたのを思い出す。

人の存在が各々異なるので、真の存在から詠いあげれば、個性がありすることはあり得ない。


私にとってきびしい鞭となった、ありがたい思いもある。

私の第一歌集の出版記念会の折だったと記憶しているが、妙子の祝いの言葉に、一つのことをやり遂げるには、全ての絆を断ちきりなさい。

と頂いたのである。妙子自身、そのように努力し、歌へ一筋に打ち込

み、歌人としての地位と実力を身につけたのであろう。私には、きびしくも今迄の遂げゆく道に対しての忘れ得ぬ訓である。

また、その記念会の折、妙子の説いた言葉の一言一言は、今も決して私の心から消えぬが、お祝いの言葉を他の参加の歌人の方々からもいただいた時、私はひたすら聞いていたのだが、他社の第一線で活躍中のある女性歌人が丁度妙子の前の席であったので、紙にしるされた祝いの文を読みつつ、身をガタガタふるわせていたことを思い出す。それ程妙子という歌人に対する畏れと尊敬があったのだろう。

また、いろいろ自分の想い、感想を率直に発言する歌人も心から去らない。たとえば、小野興二郎さんは、私とふるさとが同じで親しくさせて頂いたが、

「僕らとは歌が違う。よくわからない」

と率直に言われたり、或る男性歌人は、アルコールが入らないと「本当のことが言えない」などと本音を洩らされたりした。

このような心のままに感想を言える会であったことに妙子は、よろこ

んだのか、そっと私の傍へ寄り、

「とてもいい会」

とささやいた。私は心の中で、何が言いたいのだろうと思ったが、自由な本音の吐ける集いに満足してくれたのだろう。

「一つのことをやり遂げる」ということで、私は思い出すことがある。

妙子が他界してまもなく夫の輝氏が、

「妻を偲ぶ会をしましょう」

と言われ、大田区短歌連盟のお手伝いを共にしていた、大森近辺の友ら数人とともに、ホテルの小部屋で偲ぶ会を催したことがある。

その時の悲しみと苦しみに充ちた輝氏の面は、年輪を重ね生きてきた今の私に、やっと納得ができる。

妙子の額に入った大きな写真を真中に、両脇には真白の花、カーネーションや百合の花が供えられている。

一人一人思い出などを語る折、私はついつい妙子から伝えられた本音を吐いてしまった。

「夫婦は余り仲良くするといけませんよ。見えるものまで見えなくなってしまう。絆をはずして歌のために、夫婦の真の在りようを詠嘆するときは、妻を忘れ、一人の人間としての存在から詠むのですよ」

と妙子は言っていましたと。

そして、ふっと輝氏の顔をみて、少々後悔に似た思いもしたが、納得していらっしゃったのだろうか、沈黙したままであった。

また、他の人々も思い出を語られたが、大森の妙子の家の近くでお会いしても、歌は歌のつきあい、道での出会いは別というように、全く無視されて目線をまっすぐあげて商店街を歩まれていったという。

彼女たちは、無視された寂しさもあったのか不服そうであったが、私はいかにも妙子らしいと思った。

その眼差しは、六歳まで壁と向き合っていた独りの寂寥に違いないと。その眼差しは一生を支配するという思惑。この目線を当然のことと し納得して生きぬき、歌人としてやり遂げた勁い魂に打たれる。

出版記念会　小野興二郎のスピーチ

出版記念会　妙子と著者

雛まつり

春になると私はいつもなつかしく妙子の手料理のおいしさを思い出す。妙子が敗戦の直前に、信州浅間山麓の安曇沓掛駅近くの人に雛人形を預けたという。それは、妙子が新聞に「ひとりうたげ」の文を掲載した際、その絆により預けた雛達が戻ってきたのだという。

妙子の雛との対面の様子を想像すると、私も当時の妙子の感性をどきどきしながら辛くもなったが、雛は棺に納めてある死者に相当するのではないかと言う。

しかし箱をあけると、雛たちは輝き損傷もなく女雛の唇がほんの小さく開いていて妙子はみとれたという。

私は、その雛まつりに招かれた。

美しく段に飾られ、うっとりみとれてしまった。また妙子は私に、それらを眺めつつ召し上りなさいと、雛まつりの、ちらしずしを手にのせてくれたのである。

私は思わず、「先生、こんな美しいお料理が出来るのですか」と失礼ながらも言い放ってしまった。

「ええ、私はお料理は得意なのよ。入院患者の料理も私が作っているのですもの」

当時、二十人くらいの料理を作っていたとか。私は、生まれてはじめて頂くようなうれしさでそのお料理を口にさせてもらった。何ともいえぬ上品な味である。

そして妙子は如何にも得意げに、歌を詠む人は感性が鋭いから、お料理も上手なのよと、自信げに語っていた。

味覚と感性のつながり、私はあまり料理は得意ではないが、春になると、あの美しいお雛さまと妙子の言葉をひき合わせて、なつかしく思い出す。

目の前に、ありありと雛の美しさと妙子の鋭い感性、そしてわざわざ招いてくれた、その温いみ心を、何十年へても現在の事として私は忘れ去ることができない。

色經

わたくしに背を向けし少年ひそか持つ薄羽かげろふ色經一巻

著者『色經』（一九八五年）

右の一首は、私が昭和六十年九月十五日の日付で上梓した第二歌集『色經』よりの一首。「色經」としるした題簽《だいせん》は、葛原妙子とある。朱の美しいひかりを放つこの文字に私はよくみとれるのだ。

実は、この文字は造語なのである。

反抗期の息子が私に背をむけて、机の上に薄羽かげろう色をしたお経を大切に、意味のわからぬまま持っていたことへの詠嘆の歌である。

妙子は、これを見て私に「『色經』ってなあに？」とたずねたのだ。

私は内心はっと打たれたが、成程、造語もいいものだと思い、「色のついた美しいお経です」と答えてしまった。「そう、いいことばだわね」と、妙子は私の第二歌集の題にと言う。

この集のあとがきにも記したが、この年は、すでに妙子は、「をがたま」を休刊し、病気がちの日々であった。

I章「心の叫び」でも記したように、妙子が田園調布中央総合病院に入院する直前のことである。

結局この字が妙子の絶筆となった。

歌集の題は、妙子の主張するように造語の『色經』に決まった。

「何て美しいことば」と、妙子はうっとりするように私をみつめ、「題字も書いておきましょう」と、机上のペンをとり、何枚か紙にこの「色經」を記した。そして自分の心に叫ぶように、

「ああ、ダメだわ。力がこもらない」

と洩らしてうなだれた。私は題字を頂いてうれしく、どこが力のこもらない字なのだろう、と納得いかなかった。夕暮れに向って「二頭の野

獣の相うつ」歌を叫ばれた勁さに感激していた私は、心ゆくまで美しい力のこもる字に思えたのだ。

その年の九月二日には妙子は他界し、ぎりぎりの命の限界の力こもる字であると今もみとれている。そしてこの字から私は常に勇気と元気をもらって心をふるいたたせているのだ。妙子は、この集の完成を見ることなく逝ってしまったが、当時出版した短歌新聞社の石黒清介氏（一九一六〜二〇一三）は、見とれて、「朱の色にしましょう」と言った。表紙も朱にして美しくと。こうして出来上ったのが『色經』である。私には妙子への尊敬こもる大切な集である。

或る日、玉城徹氏が、この集を手にし、「色經」の文字を見られ、

「力がぬけているね。生きる勁さではなく心のままに生きゆく軽やかな字だ」

と言われた。私は改めて文字に見入った。

また当時「潮音」選者だった沼波美代子氏が、「葛原さんにしては心の自在な、強くない字だわね。とてもいいわ」と言われたのも印象的で

ある。

私は、師の生涯最期の字を頂き、悲しくも感激とともに常に心の中へ抱いている。

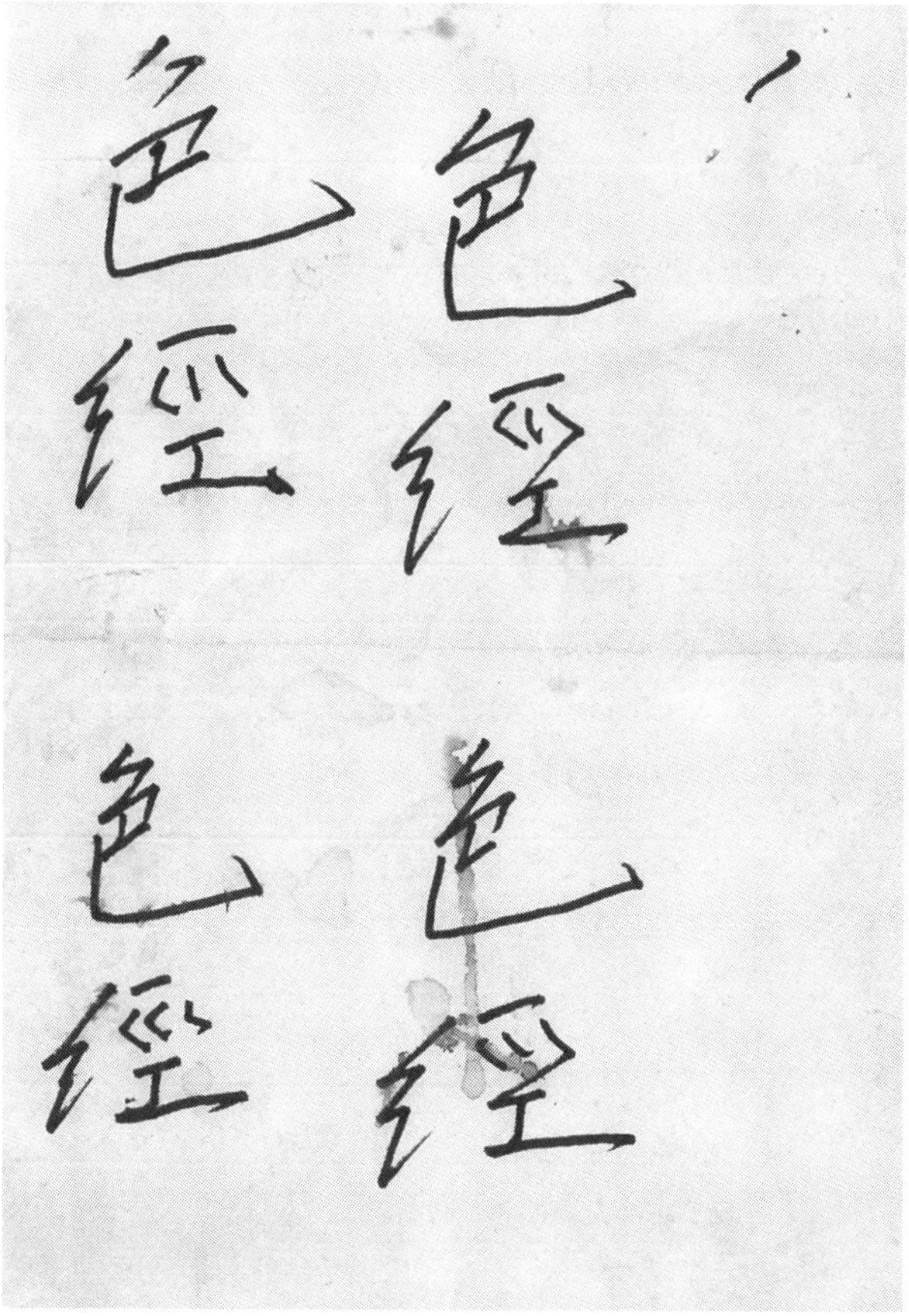

妙子の絶筆となった題簽

妙子のお子さんからの手紙

平成十一年八月号の「潮音」に於いて、潮音作家論が設けられた時、私は「葛原妙子論」を執筆した。副題に「随所に朱となれ」を付している。

ここで私が記したいのは、この論を妙子のお子さんたちにお送りした折に頂いたお手紙である。妙子の四人のお子さん方々が心こもる母、妙子への念をこめて、受けとめて下さったよろこび、ご家族の心ゆたけき母への思慕を残したいひたすらさである。

まずご長男の、私と同年の葛原弘美さんからのもの。途中から引用させて頂くが一字一字にこもる心の深さを。「潮音」創刊記念一千号をお送りしたお礼から。

穴澤様の葛原妙子論は大変興味深く、また懐かしく拝読させて頂きました。結婚後はあまり両親の許に寄りつかなかった私などよりも、身近に母を見守って下さっていた穴澤様ら歌人の方々の方が、はるかに晩年の母を理解し、そして認めて下さっていたことを知りました。改めてお礼申し上げます。母の短歌について私は評論する立場にありませんが、母が好んだ「随所に朱となれ」は、学生時代の私が母に教えたものです。大学の師であった故坂口謹一郎先生（発酵学の大家）の座右の銘とも言えるもので、学生の集まりなどがある時には、きまって引用されたものでした。…本来の意味は詩人の母の感性で捉えたものとは少々異っていたようです。

私は幾たびも読ませて頂いている。

また同じくご長女の猪熊葉子さんからも、お返事を頂いた。

「今回久しぶりでシャルトルに行き、かって母を連れて参りました時は、その年の復活祭で、薔薇窓からさしてくる光が祭壇の前に落ちて美しかったことを思い出しました」ということから始まり、あいさつ。そして私に「ロザリオ」を求めて帰られ、贈って下さった。「このロザリオの玉を繋げている部分は切れやすいので、切れて玉が転がったのを、母は薔薇と見たのです」とも記されてあった。妙子の歌の中にある、「アヴェ・マリア」を何度も栄誦、唱えることや「主の祈り」の内容などを私に教えて下さっている。葉子さんから頂いたロザリオを今も私は折、折に見入って妙子を偲んでいる。

三女の典子さんの手紙は、別に紹介させて頂いた（三十八頁）のでここでは割愛するが、みな妙子の子としての、心こもる母への寄せる熱いお気持ちである。

妙子の手紙

妙子は私には手紙など書かず、常に傍に座らせて心のままに思うことを語ってくれる師であったので、頂いた手紙はほとんどないが、ただ一通、私にとって大切な大切な深い思いの沈む、忘れ得ぬものがある。それは、昭和五十八（一九八三）年一月十七日の日付があり、私の父が他界した折のものである。

銀行員だった父は、愛媛・松山中学校（現松山東高校）の先輩であった松根東洋城（一八七八〜一九六四）に俳句を師事していた。その父が脳溢血で突然倒れ、死に至った。母は、私が帰宅した時は父が倒れたばかりであり、別人のように取り乱していたのを覚えている。

葬儀で母は父の棺の中に東洋城の写真を入れようと、亡父の胸の真上に写真をのせ、「東洋城先生のもとへおゆきなさい」と泣きながらつぶやいた。

のちにたまたま妙子から私の自宅に電話がかかってきた時、私はその父の死で実家へ駆けつけていたので、長男が、その事を告げたのだが、すぐ手紙をくれたのだ。あわてていたようで、私の名の文字も一文字違っている。

そのお手紙を感謝の一心でここに記したい。

芳枝さん
いよいよ大事業を果しておしまいになりましたね。
あなたはうちの息子たちと御年がほぼ同じだから、もうしっかりしていらっしゃるとはおもいます。
でもかわいそうです、ぞんざいに言ってごめんなさい。
おとうさまの御姿、おりっぱでしょうねえ、先生をお抱きになって、なんとゆう晴れすがた——とおもってます。以下くどく申しあげません。

先日電話にお出になったお坊ちゃんの御声、お元気がなかったのですが、まさかと思っていました。おわびして下さい。

あなた何よりもお身体にお気をつけて下さい。それと御母様をお労わりして差し上げて——。

余りにも書きたいことが書けないので、これでやめさせて頂きます。

葛原　妙子

この心こもるお手紙に添えて一枚、白紙の和紙が添えられてあった。この数日前には、妙子から別の一枚のはがきが届いていた。父が他界する少し前のことである。文面を見ると短いながら心が打たれる。左のものである。

御父上様の御病気のこと御心配申上げております。只今御電話いたしましたら病院におつかれになっていると伺いました。

御いそがしい中を私のこと配慮して頂き申訳もありません。

いろいろとさびしいことを聞く年のように思いますがしっかりしなくてはと思っております。


私にとって妙子から頂いた手紙とハガキ。

その後も幾たびも手にしては心にこの師の思いを刻みこんできた。

たんなる感傷の悲しみではなく、俳句や短歌における師との心の絆。

これも消え去ることなく胸の内ふかくふかく、今日まで抱き活力源としてきたように思う。


東洋城は、夏目漱石（一八六七〜一九一六）の字を表紙にかかげた「渋柿」という俳誌を主宰していて、私の父は同じ松山中学に学んだ関係もあり、東洋城が亡くなる迄、母とともに病院へ通い日々身を捧げてきたということも私は、妙子にいつか語っていたのだろう。父が亡くなった後は、母が「渋柿」社主として誌務にひたすらの日々であった。

妙子の先の手紙は速達で、父の他界の三日後に出されていた。この心くばりに私は消え去ることのない、一つの道へ精進する励ましの力を大切に生涯抱きつづけることを決心。

しかも父が他界した昭和五十八年一月は、妙子自身も、体調がすぐれず、十一月には「をがたま」の終刊に至っていた。その折に速達で、私へのお手紙を送ってくれたのだ。

私は、常にこの手紙にこもる師の励ましを大切に生涯抱きつづけようと、手紙を拡げて仕事の机の上に置いている。

妙子が他界する二年前のことであるのにこの手紙にこもる迫力、慰めは、私にとって永遠のもの、歌の師弟の絆の強さ、深さと私は感謝しつつ心に秘めて生きているのだ。

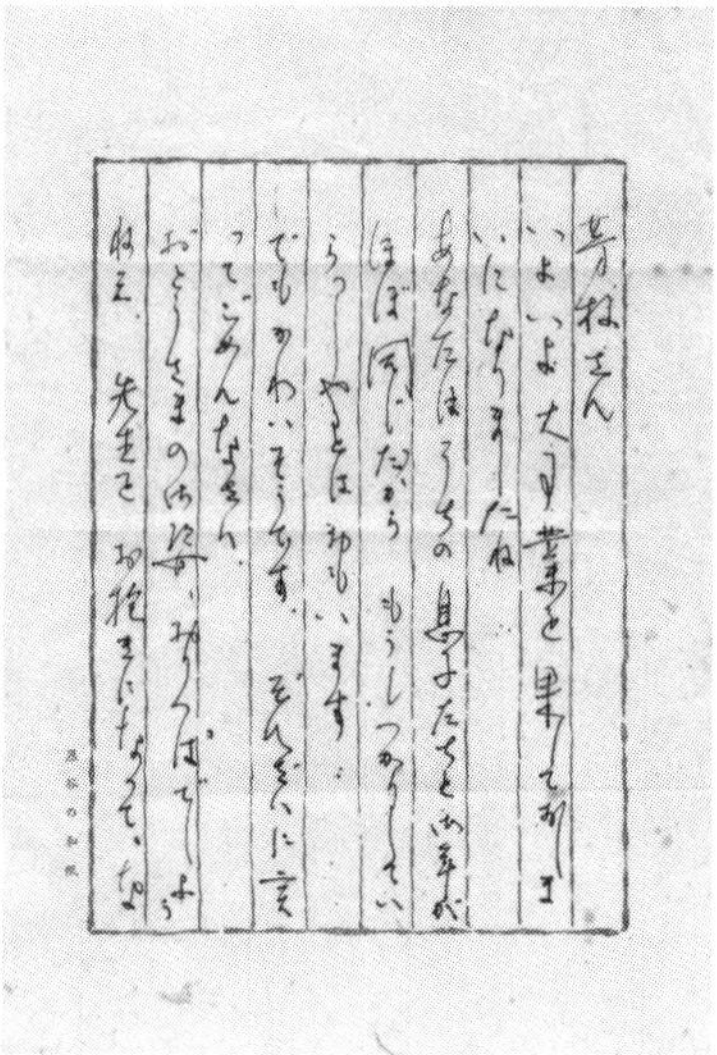

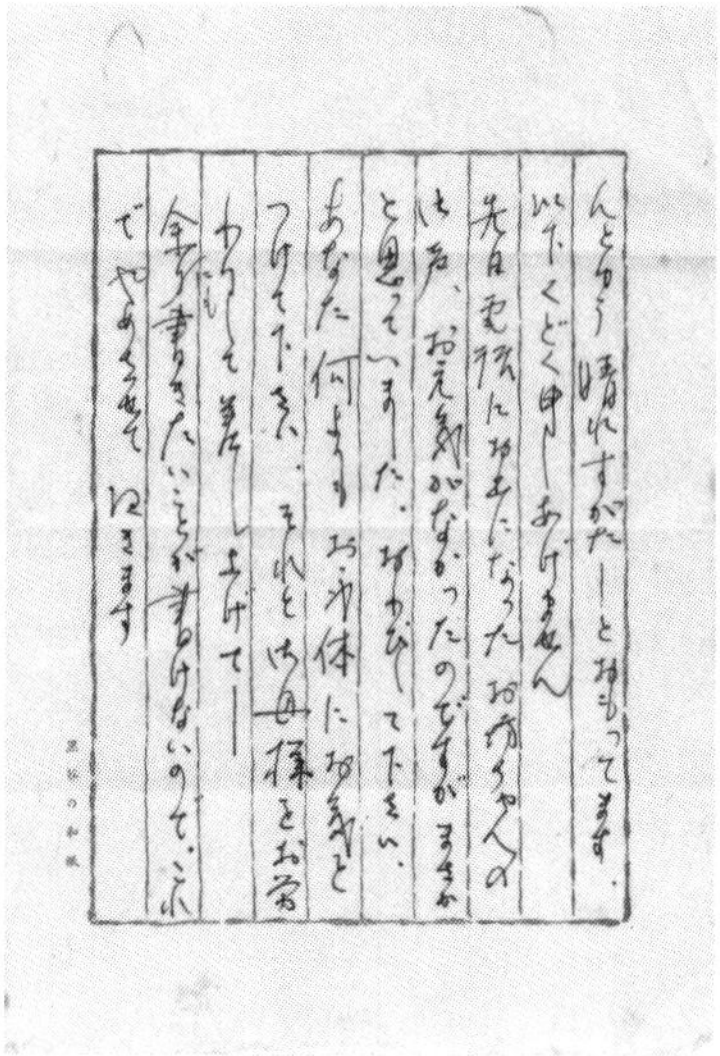

妙子からの手紙

師との別れ

前述したように、私が第二歌集『色經』を刊行したのが昭和六十（一九八五）年の九月。すでに妙子は健康を害しており、田園調布中央総合病院に入院する寸前に表紙の文字を頂いたのであった。ここでは、その病院での妙子の印象を記して、心にとどめておきたい。

私は毎日、大田区の石川台の自宅から自転車で病院を訪れ、妙子のベッドの傍に座っていた。

これまで短歌で忙しく会えなかった妙子の、第一高女時代の親友、熊木いし子さんが、ベッドの横の椅子に座り、やっと妙子さんがもどってきたとよろこんでいたのを思い出す。

妙子も若い時代に心がもどり、ゆとりがあったのだろう。仲良し三人組の昔の話をし、高女時代に戻ったかのような時もあった。

その三人組の一人の友人の行方を案じているようであった。

「あのお友達、どうしているかしら」

と熊木いし子さんに乙女ごころを語り、問うこともあった。

しかし、病状は悪化するばかり、私が終りの頃お見舞いにうかがうと、やっとのことで話すようであった。また、ときには私の家族のことに話が及び、

「私、あなたのご主人ってどんな方かしらと思っているのよ」

と言う。私が、「お見舞いに主人を訪ねさせてもいいですか」と聞くと、

「いいわよ」

とうれしそうに答えてくれたのが終りであろうか。その後は会話もほとんどなく、時どきベッドから手をあげて、ふらふらと振っていたのが印象深い。

私が、「先生、先生の名前は短歌史に残りますよ」

と最後に告げると、真意を分ってくれたのか、突然嗚咽《おえつ》し、私も心中

涙がふき出た。

妙子は、九月二日に亡くなった。

私の心中には今も、あの手をふらふら揺らしている妙子の姿が消えない。

九月二日、私が病院へお見舞いにうかがうと看護師さんが、「小母さん」といくら呼んでも返事をなさらなかったのに、今日はじめて「はい」と返事をなさったのですよ、と私に告げたので、私は心中もうこれで妙子と永遠の別れだと閃めいた。

私は部屋の隅に行き、あふれる涙を、どうしようもなかった。

するとすぐに看護師さんが、

「今、亡くなられました」

と私に告げて下さり、とめどなく涙が出て、おさえることができなかった。

エピローグ

随所に朱となれ

妙子が明るい声で、「をがたま」を創刊するという志を語った時の、輝くような声をいまだ忘れられない。思うように、人数もほどほどにして超結社として同行の人らとともに励ましあってゆきたいという。しかしこの頃より体調もよくなく、気負い倒れも予感している、と「をがたま」後記に書いている。

「をがたま」は昭和五十六年五月に創刊。巻頭に「随所に朱となれ」とかかげる。

長男の葛原弘美さんから教えられた言であるが、この言葉は、実は「聞き違え」であった。

この言葉は、臨済宗の開祖の言行録『臨済録』の中のもの。「随処に主となれば立処皆眞《りっしょみなしん》なり」いつどこにあっても如何なる場合でも自分が主人公となって積極的に行うならば、そこでの生き様はすべて真実であるという意とか。

妙子は「主となれ」を「朱となれ」と聞き違えたが、頑固に通したのだと、弘美さんは言う。

妙子は、この言葉こそが信じきる美しさに足ると思ったのだという。

「そこで随所に朱となろうではないか。われわれは随所に」

と創刊号の巻頭でしめくくっている。

妙子は、その時すでに体調が悪く、二年後の昭和五十八（一九八三）年十一月、「をがたま」は、秋号を最終号として惜しくも終刊。その二年後の昭和六十（一九八五）年九月には、妙子は七十八歳で他界したが、その葬儀の折の、私には忘れ得ぬ一場面がある。

妙子のみ骨が火葬後、私たちの目の前に現れたとき、大きな炎が吹きあがっていた。

私の方へむかって勢いよく立ちあがるように見えた。私は心より感動し、「朱となって生きよ」と叫ばれているように思えてならなかった。歳月をへても今の私の心の中に、あの炎はむかっている。「ひたすら朱となって生きよ」と。

あとがき

私は若い時より「潮音」に所属、生きる力として苦しい折、よろこびの折つねに詠むことによってひたすら今日まで歩んできました。

夫が平成28年10月1日に逝去し、泪に浸っていた私へ「元気を出しましょう。詠嘆で生きる力をとり戻しましょう。」と「潮音」発行人の木村雅子先生はじめ、選者をし月々選歌している私へ歌友からも、励ましの力を頂き今は生きることの奥深さを実感しています。

このたび妙子師の書簡などをお見せしたことなどで、角川「短歌」編集長、石川一郎氏のおすすめで角川書店から本書を出版して頂くことになり、お力添えを心よりうれしく思います。本の帯文にも妙子師の生の辛苦、歓びをこめて下さり何よりのことと晴ればれ嬉しく、あらためて勇気を頂きました。
出来上った本を見て妙子師を始め夫も、生きる歓びに充ちた私の在り処をどんなにか誉めてくれていることでしょう。

平成28年10月19日

穴澤芳江

著者略歴
穴澤芳江（あなざわ　よしえ）

昭和9年、松山市生まれ。

昭和22年、埼玉師範学校付属中学校入学。在学中に、同女子師範学校退学の三ヶ島葭子（明治19年生まれ、昭和2年瞑目）の歌集を読む。脳出血で半身不随になった折の歌〈ゆくりなく眠《ねむり》さめたるこの夜半のあまりしづけしわれ生きてをり〉に生きることの力湧く思いに打たれ作歌を始める。

昭和28年、学習院大学哲学科に入学。以後、生きる命の真の存在を探求したく、ハイデッガーを研究、詩型の中でも表現。卒業後、評論家石垣綾子の秘書として2年間を過ごす。

昭和36年、「潮音」入社。葛原妙子に師事。氷原短歌会（石本隆一創刊）にも昭和60年まで所属。

昭和51年、第一歌集『玉響』刊行。第一回現代短歌女流賞の最終候補となる。

昭和56年、葛原妙子の季刊誌「をがたま」創刊に参加。

昭和60年、第二歌集『色經』刊行。葛原妙子の絶筆となった題簽を拝受。

平成10年、「潮音賞」受賞。平成13年、「潮音」選者となる。

平成14年、第四歌集『響り合ふ』刊行。日本歌人クラブ東京地域優良歌集賞を受賞。

大岡信の朝日新聞での連載「折々のうた」が一年間休載ののち再開の初回に作品が掲載される。

他、歌集に『人みな草のごとく』、『ひたごころ』（ながらみ書房の2014年のベスト歌集に入る）

現代歌人協会会員、日本歌人クラブ会員。

我《わ》が師《し》、葛原妙子《くずはらたえこ》

2016年12月25日　初版発行

著　者　穴澤芳江

発行者　宍戸健司

発　行　一般財団法人　角川文化振興財団
東京都千代田区富士見1-12-15　〒102-0071
電話 03-5215-7821
http://www.kadokawa-zaidan.or.jp/

発　売　株式会社 KADOKAWA
東京都千代田区富士見2-13-3　〒102-8177
電話 0570-002-301（カスタマーサポート・ナビダイヤル）
受付時間 9：00 ～ 17：00（土日 祝日 年末年始を除く）
http://www.kadokawa.co.jp/

印刷製本　中央精版印刷株式会社

本書の無断複製（コピー、スキャン、デジタル化等）並びに無断複製物の譲渡及び配信は、著作権法上での例外を除き禁じられています。また、本書を代行業者などの第三者に依頼して複製する行為は、たとえ個人や家庭内での利用であっても一切認められておりません。
落丁・乱丁本は、送料小社負担にて、お取り替えいたします。KADOKAWA読者係までご連絡ください。（古書店で購入したものについては、お取り替えできません）
電話 049-259-1100（9：00 ～ 17：00/ 土日、祝日、年末年始を除く）
〒354-0041　埼玉県入間郡三芳町藤久保550-1
©Yoshie Anazawa 2016 Printed in Japan ISBN 978-4-04-876437-7　C0095